파주문월

50

파주문월 50

발행일	2015년 12월 28일		
지은이	신 대 화		
펴낸이	손 형 국		
펴낸곳	(주)북랩		
편집인	선일영	편집	김향인, 서대종, 권유선, 김성신
디자인	이현수, 신혜림, 윤미리내, 임혜수	제작	박기성, 황동현, 구성우
마케팅	김회란, 박진관, 김아름		
출판등록	2004. 12. 1(제2012-000051호)		
주소	서울시 금천구 가산디지털 1로 168, 우림라이온스밸리 B동 B113, 114호		
홈페이지	www.book.co.kr		
전화번호	(02)2026-5777	팩스	(02)2026-5747

ISBN 979-11-5585-848-6 04810 (종이책)   979-11-5585-880-6 04810 (세트)
      979-11-5585-849-3 05810 (전자책)

이 도서의 국립중앙도서관 출판예정도서목록(CIP)은 서지정보유통지원시스템 홈페이지(http://seoji.nl.go.kr)와
국가자료공동목록시스템(http://www.nl.go.kr/kolisnet)에서 이용하실 수 있습니다.
(CIP제어번호 : CIP2015035973)

성공한 사람들은 예외없이 기개가 남다르다고 합니다.
어려움에도 꺾이지 않았던 당신의 의기를 책에 담아보지 않으시렵니까?
책으로 펴내고 싶은 원고를 메일(book@book.co.kr)로 보내주세요.
성공출판의 파트너 북랩이 함께하겠습니다.

어떤 지구인을 거쳐간 이야기

파주문월 50

신대화 지음

북랩 **book** Lab

책 머리에

젊은 시절에 '팡세'를 보았다. 거기에는, "이 무한한 우주의 영원한 침묵은 나를 전율케 한다"라는 말도 들어 있었다. 알 듯 말 듯한 말이었다. 알 듯할 때의 그 말은 나를 잠깐씩 전율로 인도하였지만, 말 듯할 때에 그 전율은 곧 사라져 버렸다. 알 듯 말 듯한 것은 나의 사정이었고, 해와 달은 아랑곳없이 뜨고 지고를 반복하였다. 시간은 무심하게 계속해서 흘러만 갔다.

언제나 부지런한 해와 달 덕분에, 이제 나도 한 일 없이 오십이 되었다. 그러자, '알 듯한 것이든 말 듯한 것이든 가리지 말고 이제는 조금씩 말을 해 보자'는 생각이 들었다. 나는 이 생각을 곧 실행으로 옮겼는데, '나, 다른 사람들, 그리고 사람이 아닌 그 모든 것'을 대상으로 했다.

이런 전후 사정으로 생겨난, 첫 번째 내 말의 무더기를 세상에 내보낸다. 내가 낳은 말이인 셈이나, 염려스런 부모의 마음인 것은 어쩔 수가 없다.

언제일지는 모르나 내가 영원으로 되돌아갈 때까지, 매년 하나씩의 새로운 '파주문월'을 낳고 싶다. 파주문월 51, 파주문월 52, 이런 식으로 말이다. 영세한 내 인생의 가장 큰 희망 사항이다.

2015년 12월
신 대 화

把酒問月

4월

파주문월, 꿈 이야기 1

알지 못할 세상에서 나온 시간을 따라, 알 수 없는 것에서 비롯된 허공을 가르며 지구는 수십 억 년을 면면綿綿히 돌고 있었다. 빛을 마주하는 물물의 하늘마다 새로운 낮이 생겨났고, 빛을 등지는 곳마다 새로운 밤이 태어났다. 빛은 늘 거기에 있었으나 항상 도는 듯이 보였고, 나는 늘 머물지 않았으나 항상 그곳에 있어 보였다.

쏘듯이 비추던 투명한 빛이 썰물처럼 빠져나간 자리 위로, 어둠은 또 다른 빛을 품은 채 밀물과도 같이 쏟아져 들어오기 시작했다.

바람이 서늘한 저녁이었다. 하얀 벚꽃은 희미한 어둠의 시간 속으로 스며들며 피어나 있었다. 손을 뻗으면 닿을 듯한 지척의 남산 위로 저녁노을이 져서, 하늘은 잘 익은 복숭아 빛깔과 닮아 보였다. 강가와 다리의 조명이 들어올 무렵, 나는 한강을 내려다보며 오래전의 일을 떠올리고 있었다. 벽촌의 초등학교에 다니는 조무래기들이 입을 맞춰 동요를 노래하는 모습이 보였는데, 거기에 나도 있었다.

달아 달아 밝은 달아 이태백이 놀던 달아

저기 저기 저 달 속에 계수나무 박혔으니

옥도끼로 찍어내어 금도끼로 다듬어서

초가삼간 집을 짓고 양친 부모 모셔다가

천년만년 살고 지고 천년만년 살고 지고

2015. 4. 8

파주문월, 이백의 시

푸른 하늘의 달은 언제부터 있었을까

나는 이제 술잔을 멈추고 한번 물어본다

(중략)

지금 사람은 옛 달을 볼 수 없었지만

지금의 달은 옛사람을 비추었으리

예나 지금이나 사람은 흐르는 물과 같아

밝은 달 쳐다보기야 모두 같겠지

青天有月來幾時(청천유월래기시)

我今停杯一問之(아금정배일문지)

(중략)

今人不見古時月(금인불견고시월)

今月曾經照古人(금월증경조고인)

古人今人若流水(고인금인약류수)

共看明月皆如此(공간명월개여차)

- 李白(701~762), 「把酒問月」(파주문월, 술잔을 잡고 달에게 묻다) 중에서

현대에 들어 과학적인 방법으로 밝혀낸 달의 나이는 약 45억 년. 45억 년은 너무나 아득하여 사람이 이해하고 감당할 시간이 아니며, 상상 속에서 헤매기는 45억 년을 알기 전후가 매한가지다.

「파주문월」 중에서 '지금 사람은 옛 달을 볼 수 없었지만 지금의 달은 옛사람을 비추었으리'라는 구절이 마음에 든다. 사람의 맞은편에다 달을 배치하고 그 달에 미칠 수 없는 인생의 유한함을 서운해 하는데, 그 표현이 매우 세련되고 또한 절묘하다.

내용도 내용이지만 「파주문월」이라는 제목도 아주 그럴듯해서 멋과 풍류가 넘쳐 난다. 술잔을 잡고 달에게 묻다, 라니. 과연 시선詩仙이라고 불리는 사람이 지어낸 시의 제목 같다는 생각이 든다.

사람들은 중천의 달을 보면서 어떤 생각을 할까 궁금하다. 궁금해서 물어보면 아마도, "정해진 주기와 모습으로 당연하게 허공에 매달려 돌아다니는 달에 대해 생각할 게 뭐가 있느냐"는 사람이 더 많을 듯하다.

하지만 그것이 무엇이 되었든, 살아오면서 기억의 이쪽저쪽에 어지럽거나 가지런하게 보관하고 있는 그 무엇인가를 누구라도 가지고 있지는 않을까. 달은 모른 척하며 슬며시 끼어들어 있는 그런 풍경 같은 기억.

2015. 4. 10.

달에서의 야구 경기

미국 메이저리그 야구 개막전이 과거에 이웃 나라 일본에서 몇 차례 열렸다. 그래서 먼 미래에(그 시기야 그리 중요하지 않으니, 대략 서기 10,000년 무렵이라고 해 두자) 달에서 메이저리그 야구 개막전이 벌어지는 상상을 해 본 적이 있다.

웃기는 얘기라고? 아니다. 지금은 상상도 못 할 고도로 문명화된 지구에서, 달의 '인공 중력 장치, 방사선 방지 장치, 운석 낙하 방지 장치, 인공 자전 장치' 등을 만들어 조종하면 불가능하지 않을 수도 있다. 본격적인 거주 목적의 달 개발이 머지않은 미래부터 차근차근 이루어진다면, 더 가능한 상상이지 않을까.

언젠가 중천에 떠 있는 보름달을 보면서 해 보았던 상상이긴 하지만, SF 소설에나 나올 상상의 일들이 현실화된 것들도 있지 않은가. 그럼 나의 상상은 실현 가능성이 있는가, 없는가. Nobody knows.

2015. 4. 10.

2045년

2045년. 불과 30년 뒤다. 이때가 되면, 몸은 죽어도 마음과 생각은 복제를 통해 디지털 공간에서 죽지 않고 머물다가 새로운 몸으로 돌아올 수도 있는, 공상과학소설 같은 세상이 올 수도 있다고 한다. 구글의 엔지니어링 이사로 있는 레이 커즈와일이 말한 '특이점'이 도래한 시점인데, G.N.R(유전학, 나노기술, 로봇공학 및 인공 지능) 기술이 발달되면 이런 세상이 올 수가 있을까.

금년 1월 초에 출간된 『유엔미래보고서 2045(박영숙, 제롬 글렌 지음)』에 있는 미래 연대표의 2045년에는 "인공지능이 인간의 지능을 능가하는 시점, 특이점이 온다"고 하며 레이 커즈와일의 주장을 수용한다. 그러면서 덧붙이기를, "2045년은 인류에게 큰 분기점이 될 것인데, 인공지능을 시작으로 과학이 예측 불가의 정도로 발달하는 시작점이며, 이후의 미래는 우리가 어떻게 하느냐에 따라 낙원 또는 재앙을 맞이할 것"이라고 하였다.

비록 그런 세상의 도래에 대해 전문가들의 찬반양론이 있다고는 하지만, 영화 '매트릭스'와 같이 현실로 받아들이기가 어려운 세상이, 그리 머지않은 장래에 올 수도 있다는 소리로 들리니 놀라울 따름이다.

세상 사람들에게 이런 얘기를 하면 "무슨 잠꼬대 같은 소리냐"고 할 사람이 대부분일 것 같은 생각이 든다. 나는, 잠꼬대라고 하는 사람이든 아닌 사람이든, 나와 동시대를 살아가는 수많은 사람들과 함께 진행되는 상황을 지켜보는 수밖에 없다. 그런 세상이 오더라도, 재앙은 없어야 한다는 생각을 하면서.

2015. 4. 11.

남산의 봄

지금이 음력 2월이니 봄 중에서도 한가운데인 중춘仲春이다. 지금 내가 있는 곳은 남산이다.

오늘 이곳에서 내가 많이 본 것은 하얗고 빨갛고 노란 봄꽃만이 아니었다. 이렇게 많은 사람들. 오늘 남산은 인산인해였다.

나는 오늘 남산 정상의 팔각정에 앉아서 오랫동안 사람 구경을 했는데, 사람들은 계단에도 참새나 병아리처럼 앉아서 봄 햇볕을 쬐었다.

꽃피고 봄의 새소리가 들리는 남산에서, 나와 가까운 벤치의 젊은 여자들은 사소해 보이는 화제를 끝없이 얘기하며 봄의 시간을 보내고 있다. 날이 저문다.

2015. 4. 11.

관악산과 모닥불

언젠가 일로 의왕에 갔다가 과천·의왕 간 도로를 따라서 양재로 돌아오는데, 가까운 왼쪽으로는 돌연 일어나 앉은 듯한 관악산이 뭉클할 정도로 반가웠다.

그 무렵, 박인희가 '모닥불'을 부르고 있었는데 그녀의 청아함이 빛처럼 순식간에 나에게로 전해 왔다.

"인생은 연기 속에 재를 남기고 말 없이 사라지는 모닥불 같은 것......"

불의 산이라는 관악산과 모닥불이 한꺼번에 다가왔으니 그날이 나에게는 불의 날이었다.

2015. 4. 12.

존 덴버, 애니의 노래

불의의 비행기 사고로 세상을 떠난 존 덴버(1943-1997)를 사람들은 '미국의 목소리'라고 불렀는데, 그가 부른 '애니의 노래'를 가만히 듣다 보면, 소리가 사방으로 맑게 퍼지며 만들어 내는 진동 같은 것을 느낄 수 있다.

깨끗함, 투명함, 간절함이 하나로 합해진 그의 노래에는 조용한 새벽을 깨우는 듯한 느낌이 있는데, 그 느낌은 듣는 이에게 곧바로 다가와서 단숨에 마음을 사로잡는다.

그는 넘치는 사랑의 감정을 감추지 않고 기원하듯이 노래한다. 그러면서도 노래하는 그의 안쪽에는 절제의 아름다움이 가득하여, 그 풍성한 아름다움은 미성에 얹혀 자연스럽게 밖으로 스며 나온다.

2015. 4. 13.

세상을 바꾼 스티브 잡스

　출퇴근하며 지하철 안 사람들을 보면 대개 비슷한 모습이다. 스마트폰을 꺼내 들고 그것을 열심히 쳐다보거나 누군가와 문자를 주고받고 있다. 남녀노소 할 것 없이 모두 마찬가지다. 어떤 때는 눈에 보이는 모든 사람이 손으로 스마트폰을 만지작거리는 것을 볼 때도 있다.

　스티브 잡스가 존 스컬리 펩시 CEO를 스카우트하려고, "설탕물이나 팔면서 남은 인생을 낭비하고 싶습니까? 아니면 나와 함께 세상을 바꿔 보고 싶습니까?"라고 했다지만, 만인의 손에서 떠날 줄 모르는 스마트폰을 바라볼 때마다, 나는 스티브 잡스가 정말 세상을 바꿔 놓긴 바꿔 놓았구나, 라는 생각을 아니 할 수가 없다.

2015. 4. 14.

세상에는 왜 무엇인가가 있는가

　라이프니츠는 "왜 세상에는 아무것도 없지 않고 무엇인가가 있는가"라고 했고, 비트겐슈타인은 "신비한 것은 세상이 어떠한가가 아니라 세상이 존재한다는 사실 그 자체다"라고 했다.

　둘 다, 내 눈에 보이는 세상이 그지없이 신비하다는 말들이다. 믿기 어렵지만, "하나의 특이점이 138억 년 전에 폭발해서 시간과 공간이 비롯되는 우주가 탄생했다"는 빅뱅 이론을 수용하더라도, 지금 내 눈에 보이는 물리적인 세상으로, 도저히 없다고 부정할 수 없는 '이 세상의 있음 그 자체'는 말로 표현할 수가 없는 지극한 신비다.

2015. 4. 14.

라라의 테마

사람이 말로 표현할 수 있는 건 알고 보면 매우 제한적이다. 내가 보기에, 음악은 때로 그런 제한을 줄이고 좀 더 많은 표현을 가능하게 하는 수단 중 하나가 되기도 한다. 닥터 지바고. 3시간 20분의 긴 영화지만 나는 이걸 세 번 보았다. 춥고 눈 내리는 겨울이면 생각나는 게 지바고 영화고 그 안의 배경음악인 '라라의 테마'인데 보고 들을 때마다 느낌은 비슷하다.

지바고 영화의 영향 때문이겠으나, 라라의 테마를 듣고 있으면 빛과 어둠, 환희와 고통이 함께 느껴지며, 인생의 아름다움과 상처, 희망과 절망이 함께 손을 맞잡은 모습이 떠오른다. 이런 걸 어떻게 말로 다 표현할 수가 있겠는가.

또한, 라라의 테마를 듣고 있으면 닥터 지바고 영화 속 잊지 못할 장면들이 파노라마가 되어 지나간다. 어린 지바고의 어머니 시신이 언 땅에 묻히는 모습, 1차 세계대전과 러시아혁명에서 피 흘리며 싸우는 사람들, 설원雪原을 끝없이 달려가는 기차, 유리아틴과 바리키노의 풍경, 동토의 나라에 핀 꽃, 늑대들이 무리 지어 울어 대는 집, 눈의 세상에 점이 되어 사라지는 라라와 그 모습을 바라보는 지바고,

라라와의 극적인 재회 직전 절명하는 지바고, 마지막 부분의 무지개
가 뜬 장면, 그리고 겹처지는 라라의 테마.

2015. 4. 16.

봉숭아, 꿈 이야기 2

엄마가 나를 흔들어 깨우는 꿈을 꾸다가 눈을 떴다. 창문 틈으로 들어오는 달빛이 그윽하였다. 엄마는 몇 해 전 어느 가을날에, 아버지가 떠난 후 몇 해를 더 살다가 바람처럼 옛사람이 되었다. 엄마가 위독하다는 연락을 받고 병원에 도착하니 이미 의식이 없이 고요하였고, 기계의 눈금만이 아직 심장은 멎지 않고 간신히 살아있음을 보여 주었다.

날을 넘기고 밤 한 시경, 엄마는 자식들이 지켜보는 가운데 다시 돌아오지 못하는 무한과 영원 속으로 떠나갔다. 입관할 때 보니 수의를 입고 꽃신을 신은 엄마는 아무런 표정이 없었다. 나는 그때, 살아서의 연을 끝내고 있음의 세상에서 없음의 세상으로 떠나간 엄마를 생각해 보았다.

있음이란 무엇이고 없음이란 무엇인지. 시간이 흐르면 누구라도 건너가야 하는 무한의 세상, 영원의 세상, 없음의 세상, 이런 건 다 무엇인지. 나는 알지 못하고 알 수가 없는 그 모든 것들을 생각하며 무너져 내렸었다.

"봉숭아 꽃이 참 이쁘구나. 내가 어렸을 때도 저렇게 이쁘더니……."

살아 있을 때, 마당 가에 핀 꽃을 물끄러미 바라보며 엄마는 미소 지었다. 나는 그전에 생각해 보지 않았던, 엄마가 어렸을 때를 생각해 보았다.

"우리 아들이 전화했네……."

내가 어쩌다 안부 전화라도 하면 엄마는 기쁜 목소리로 이렇게 말하고는, 늘 다음 말을 잇지 못했었다. 나는 엄마가 기뻐할 만한 일을 한 게 거의 없었다.

지금쯤 엄마가 영영 건너가 있는 저쪽 세상의 모습은 어떠할까. 거기에도 겨울이 있어 눈이 내리고, 사시사철 바람이 불고 구름도 흘러가는가.

2015. 4. 16

헬멧 위의 노란 리본

　세월호 사고가 발생한 지 1년이 되었다. 대전과 수원의 프로야구 경기는 우천 취소되었으나 나머지 3곳은 경기가 열렸다. 프로야구 선수들도 헬멧과 모자에 노란 리본을 달고 경기를 했다. 치어리더와 앰프 응원도 중단하고 경기에만 집중했다. 모두 세월호 1주기 추모 차원이다.

　온 국민을 안타까움과 슬픔에 잠기게 했던 1년 전의 기억이 되살아 나는 듯하다.

2015. 4. 16

이미자, 동백 아가씨

언젠가부터 이미자의 노래가 귀에 잘 들어오기 시작했다. 그녀는 깊고도 넓게, 마치 태평양처럼 노래한다. '동백 아가씨'를 부를 때의 그녀를 보면 노래의 처음부터 끝까지 동백 아가씨가 되어서 노래를 하는 것처럼 보인다.

그녀는 누에고치에서 뽑아내는 가늘고 고운 명주실처럼, 그녀만의 가슴속 노래 가사를 한 올 두 올 풀어헤쳐 내듯이 노래를 한다. 그녀는 음이 높았다 낮아지거나 그 반대이거나, 아니면 계속 높거나 계속 낮거나에 상관없이 은근하고 융숭하게 듣는 이를 내내 위로하여 준다.

그녀는 노래를 하면서 듣는 이의 마음속으로 들어가서는, 진짜 그이 엄마의 손길처럼 수많은 그이들을 어루만져 준다. 그녀의 노랫소리는 아주 부드럽게 일렁이며 대양大洋으로 나아가는 배와도 같은데, 노래를 듣는 나와 너 그리고 수많은 그 사람을 태워서는 유유히 항해를 한다.

대양과도 같고, 그 곳을 부드럽게 떠가는 배와도 같은 이미자의 동백 아가씨를 듣고 있으면 나도 모르게 코끝이 찡해진다. 그래서 사람들이 그녀를 '엘레지의 여왕'이라고 하는 것인가.

로망스

심신이 피곤한 날의 밤에 로망스를 들으면 어디론가 출렁거리며 흘러가는 내 마음이 보인다. 철이 없으나, 그 철 없음이 오히려 위안이 되는 영화 속 폴레트와 미셸의 모습이 겹쳐질 즈음이면, 벌써 저 멀리까지 흘러갔던 내 마음은 겨우 돌아와 다시 로망스를 듣는다.

언젠가, 로망스를 OST로 사용한 르네 클레망 감독의 1952년 작인 흑백영화 '금지된 장난'을 보았다. 중간중간 꼬마 소녀 폴레트와 그보다 좀 더 자란 소년 미셸의 티 없이 맑은 모습들이 인상적인데, 피난 중에 기총소사機銃掃射로 죽은 잊고 있었던 엄마를 찾으며, 헤어지는 미셸을 부르며 뛰어나가는 폴레트의 마지막 모습은 '금지된 장난'의 실체가 뭔지를 깨닫게 해 준다.

전편에 흐르는 음악이 영화를 더욱 빛낸다. 깊거나 또는 얕거나 잔잔한 수면에 물방울이 하나, 둘, 셋, 똑, 똑, 똑, 하면서 떨어지듯이 들리던 그 기타 선율 로망스.

2015. 4. 19.

니콜레, A Little Peace

독일 출신 니콜레가 1982년 유로비전 송 콘테스트에서 'A Little Peace'라는 곡으로 그랑프리를 차지했는데, 당시 그녀의 나이가 17살이었다. 그녀는 뛰어난 미모와 우수한 가창력으로 전 세계적인 인기를 끌었다.

어느 날 길을 가다가, 예전에 어디선가 귀에 익었던 멜로디가 들려오길래, 인터넷을 검색하니 10대의 나이일 때로 보이는 니콜레가 기타를 끌어안은 소녀로 등장해서 귀엽게 노래를 한다. 그녀가 'A Little Peace'를 노래하는 모습을 들여다보고 있으면 눈으로도 노래하고 표정으로도 노래하는 듯한데, 내 귀에 들리는 신비스런 멜로디와 노래 가사 말고도 그녀의 눈과 표정으로 부르는 노래는 또 무엇일까, 하는 생각이 든다.

그녀가 등장했을 당시에 사람들은 그녀를 두고 인형 같다느니 요정 같다느니 하면서 타고난 미모를 부러워하곤 했다. 내가 보기에도 그녀는 인형 같았고 요정 같았다. 거기다 노래까지 잘하니 만인이 그녀를 좋아할 만하였다. 그러나 세월이 흐른 지금은 그녀도 나이가 들어 여전히 귀여운 옛모습을 하고 있지는 않을 것이다.

2015. . 20

김기추, 허공

"여러분의 주체성은 바로 '허공'이라고 생각하세요."

출가하지 않은 재야 불교인으로 주류 불교계에서 '한국의 유마거사'로 까지 불리며 많은 이들의 존경을 받았다는 백봉 김기추 거사 (1908~1985)의 법어집에 나오는 말이다.

보다 보니 비교적 이해하기가 쉽게 불법을 전하려는 그의 말들이 인상적이었다. 그중에서 허공과도 같은 우리들 마음자리에 대한 강조가 선명하였다.

2015. 4. 22.

광활한 우주

"우주에는 은하가 대략 1,000억 개가 있고 각각의 은하에는 저마다 평균 1,000억 개의 별이 있다"고 칼 세이건은 그가 쓴 『코스모스』에서 밝히고 있다. 우주의 크기가 어느 정도나 되는지, 우주는 언제 만들어졌는지, 사람의 말이나 사람의 글로는 제대로 표현할 수가 없구나, 라는 생각을 새삼스럽게 한다. 너무나 거대하고, 위대하고, 신비스럽고, 오묘해서이다.

후세의 사람들은, 비판철학의 창시자인 칸트(1724~1804)의 묘비명에다 『실천이성비판』에 나오는 다음의 멋있는 문구를 새겨 놓았다. "생각하면 생각할수록 점점 더 커지는 놀라움과 두려움에 휩싸이게 하는 두 가지가 있다. 밤하늘에 빛나는 별과 내 마음속의 도덕률이 그것이다." 칸트가 바라보면서 그토록 놀라움과 두려움에 휩싸였다는 밤하늘의 별은 오늘도 우리의 머리 위에서 아름답게 빛이 난다.

2015. 4. 23

把酒問月

5월

오월 첫날의 공원 풍경

저녁 어스름,

봄꽃은 낮달 아래 하얗다.

아이들과 개구리의 요란한 코러스.

봄바람이 심지에 불 붙여

허공에 노란 등잔 내걸면

먼동의 어둠처럼

아직은 바다 같은 하늘아!

- 상상난공원

2015. 5.

허공에 살며

우주는 지금 이 순간에도 끊임없이, 어마어마한 속도로 팽창한다고 한다.

우주의 대부분은 아무것도 없는 허공이다. 이런 허공이 쉬지 않고 커진다는 것이 이해가 쉽지 않다.

지구는 지금 이 순간에도 거의 무한대의 허공에 하나의 점으로 떠서 날아다니고, 나는 그 지구에 발 디디고 살아가고 있다.

2015. 5. 2

영화 '2001 스페이스 오디세이'

스탠리 큐브릭 감독의 1968년 작으로, SF 영화계의 명작이라고 하는 '2001 스페이스 오디세이'를 보았다.

통상 접하게 되는 영화와는 많이 달랐다. 내용 전개에 대한 설명이나 대사 없이 상징적으로 처리한 부분이 많았고, 클래식 음악만 흐르는 장면이 오래 지속되기도 했다.

칠흑의 허공에 뜬 달을 향해 나아가는 우주선의 모습은 볼만한 장면이었다.

2015. 5. 3.

문장대에서

신록의 계절에 한국 팔경의 하나라는 속리산 문장대에 올라 있다.
하늘은 맑고 산은 푸르다. 지금, 정상에서 바라보는 사방은 꿈틀대는
거대한 힘이다.

- 문장대에서

2015. 5. 5

딸아이의 카네이션

어젯밤에 집에 돌아오니 딸아이가 내 작은 앉은뱅이책상 위에 어버이날이라고 카네이션을 올려 놓았다. 작은 분에 담긴 생화였다. 쑥스러움을 많이 타서 평소 이런 것을 잘 하지 않는 아이라 뜻밖이었다. 하긴 이젠 아이도 아니다. 그래서 그런지 철은 조금씩 더 들어가는 듯하다. 처음 세상에 나올 때부터 지금까지 키우며 있었던 일들을 떠올리니 애틋한 마음이 많다. 내가 고맙다고 했다.

2015. 5. 9

마니산 참성단에서

마니산 참성단에 올라 있다. 기원전 2283년(4298년 전이다) 단군께서 하늘에 제사하시던 성스러운 곳이라고 적혀 있다. 단 아래로 굽어보니, 바다를 향해 낮게 잦아든 산들의 사이로 농경지가 자로 잰 듯 정돈되어 있다. 먼 옛날 단군께서 내려다보시던 풍경도, 정돈된 농경지를 제외하면 대개가 저러했을 것이다. 시원한 바람이 분다. 간간이 새들이 울며 서해로 날아가고 있다.

2015. 5. 9

야구장에서 도보 귀가

잠실야구장에서 낮 경기로 치러지는 야구를 보러 집에서 이십 리 길을 걸어서 갔다. 양재천을 따라가며 풀과 꽃을 마음껏 보고 싶어서 였다.

야구장은 만원이었다. 사람들은 수시로 즐거움과 아쉬움의 함성을 쏟아 냈다.

경기가 끝난 후, 왔던 길을 다시 걸어 집으로 돌아왔다. 석양에도 개울을 오고 가는 사람들은 많았다. 냇가의 연두색 풀빛은 내 눈을 편안하게 해 주었다.

2015. 5. 10.

새하얀 바위와 신록의 설악

상쾌한 아침이다. 어젯밤 내린 비는 울산 바위를 하얗게 씻어 놓았다. 해를 받은 동쪽 사면은 더욱 하얗고, 거대한 암봉을 허리까지 감싸 올린 신록의 설악이 푸르다.

울산 바위를 바라보는 권금성에는 지금 나뭇가지를 부러뜨릴 듯한 모진 바람이 분다.

하늘에는 먹구름이 속초 방향으로 빠르게 흐르고 있다.

- 실시간 영상

2015. 5. 12.

유화의 바다

실시간 카메라는 늘 남해 금산 보리암 근처에서 은모래비치를 내려다보고 있다. 한려해상국립공원의 일부다. 지금 남해를 향한 산의 능선들 사이로, 그리고 능선과 바다 사이로 커다란 뭉게구름의 무리가 멈춰 서서 쉬고 있는데, 먼 곳 한려수도의 바다는 무채색 유화의 느낌으로 아득하고 희미하다.

2015. 5. 19.

시간이 삼키고 간 영상

시골에서 초등학교와 중학교를 다녔고, 고등학교는 집에서 30㎞ 정도 떨어진 곳으로 유학을 했다. 지금 같으면 도로와 차편이 워낙 좋으니 무난히 통학할 수 있었을 것이다. 그러나 그때는 그 두 가지 모두 좋지 않았다. 그래서 자취와 하숙을 했다.

그때, 주말마다 엄마가 만들어 주던 반찬통을 가방에 넣고, 제법 먼 거리의 정류장까지 버스를 타러 가던 오래전 모습이 떠오른다. 어린 자식이 떠나가던 그 모습을, 엄마는 대문 밖까지 나와서 바라보고 있곤 했다.

지금은 엄마도 없고, 엄마와 내 가족이 살던 옛집도 사라지고 없다. 시간이 많이 흘렀다.

2015. 5. 20.

영화, '인생은 아름다워'

로베르토 베니니 감독의 1997년 작 '인생은 아름다워'를 보았다. 감독이 직접 주인공인 귀도로 등장한다.

귀도는 운명처럼 여러 번의 우연이 겹친 뒤 여주인공 도라와 결혼, 아들 조수아를 얻는다. 여기까지는 희극과 동화 같은 이야기로 이어지나, 그 다음부터는 2차 세계대전 유태인 수용소 생활 장면으로 넘어가며 국면이 바뀐다. 가족을 위해 자기의 모든 것을 희생하는 한 남자의 이야기는 수용소 안에서도 멈추지 않는다. 결국 수용소 안에서 도라를 찾다 잘못되어 귀도는 죽고, 조수아와 도라는 살아서 수용소를 나오게 된다.

다 보고 나면, 제목이 왜 '인생은 아름다워'일까, 생각해 보게 하는 영화다. 결말이 죽음에 이르게 되더라도, 누군가와 서로 순수하게 사랑하는 마음으로 살다가 죽을 수 있다면, 살아서 있었던 그 과정에서의 인생은 아름다운 것, 또 그 사랑의 아름다움은 사랑을 받았던 당사자의 마음에 영원히 남겨지는 것이라는 의미가 있지 않을까. 제3자에게는 그가 행한 사랑의 행동이 희생으로 보인다고 하더라도.

2015. 5. 23.

부처님 오신 날, 관악산 연주암에서

　과천 방향에서 관악산에 올랐다.　숲에서는 몇 번 쉬었다 오르기를 반복하다가 산 정상 직전의 연주암에 도착, 30분 동안 차례를 기다려 점심 공양을 받아 먹었다.

　지금 연주암 처마밑이다. 오색 연등이 바람에 하늘거린다. 석가모니불을 염불하는 소리가 암자 내에 가득하다. 부처님 오신 날을 맞아 많은 사람들이 연주암을 찾았다. 해발이 550m 정도라는 연주암에 오려면 등산을 해야 한다. 저 수많은 사람들은 연주암에 온 것인가, 등산을 온 것인가. 둘 다인가.

2015. 5. 25

세탁소 주인의 기억력

이 년 전쯤 이용하던 집 근처 세탁소가 있었다. 주인은 1년에 서너 번 찾아가는 내 이름을 기억했다. 언제나 찾아가면 "누구누구시죠", 라고 먼저 말한 후 세탁물 인수증을 써 주곤 했다. 그러던 어느 날 그 세탁소가 문을 닫게 되었는데, 세탁 서비스가 괜찮아서 못내 아쉬웠다.

나는 할 수 없이 또 다른 세탁소를 찾았고, 그 이후 죽 새로 찾은 그 집을 이용하고 있다. 오늘 오전에도 세탁물 맡길 것이 있어 몇 달 만에 세탁소를 찾아갔다. 세탁물을 내려놓자 주인이 "누구누구시죠?", 라고 내 이름을 기억했다. 나는 깜짝 놀랐다. 아니, 어떻게? 수많은 손님이 드나들 텐데. 세탁소 주인들은 모두 기억력이 이렇게 대단하단 말인가, 라는 생각을 아니 할 수가 없었다.

2015. 5. 30.

Cotton Fields

올드 팝송 중 'Cotton Fields'를 좋아한다. 좋아한다기보다 체화가 되었다. C.C.R.을 포함한 여러 가수가 부르는 버전과, 바이올린을 포함한 여러 악기의 연주 버전을 구입하여 스마트폰에 넣고, 희로애락의 때를 가리지 않고 오며 가며 정말 많이 들었다. 의식적으로 '많이 듣자', 하고 마음먹어서가 아니라 하다 보니 그렇게 되었다. 들은 횟수를 모두 합하면 최소 천 번은 되지 않을까 싶다.

"어릴 때 그리운 목화밭이 있던 집에서 엄마가 요람에서 달래 주었다. 목화 열매를 못 쓰게 되었을 때는 조금밖에 딸 수 없었다." 이런 것들이 주된 내용으로, 가사는 별 내용이 없다. 다만 멜로디가 흥겹고 경쾌해서 좋다. 한때 출근길에 이 노래만 계속 반복해서 들었다. 그랬더니 걱정거리가 많고 힘이 들던 날의 출근길도 거짓말 같이 즐거워졌다. 요즘도 출근 때면, 가끔 이 노래를 반복해서 듣는다.

2015. 5. 30.

把酒問月

6월

월야月夜, 남산 팔각정에서

　남산 팔각정. 이곳이 아주 시원함을 전부터 알고 있었다. 지금 팔각정에서 가까운 타워 기둥은 대기 질이 좋다는 뜻의 '블루'다. 음력 사월 보름. 올라오며 보니 만월이 산 위로 떠 있었다.

　노는 아이들은 시간 가는 줄을 모르나 보다. 목에 커다란 이름표를 건 많은 아이들. 모두가 티 없이 맑아 보여서 어디서 왔는지 물어보려고 하다가, 그냥 일어선다. 이제, 아내와 내 아이들이 있는 집으로 가자.

2015. 6. 1.

북한산

숲, 초록빛 융단의 바다.

암봉, 숲 속의 섬.

하늘, 바람의 고향.

지금 숲에는 시원한 바닷바람이 불 것이다.

- 실시간 영상

2015. 6. 3.

여기가 우주 공간이다

고정된 자리에 머무르는 천체는 없다. 한순간도 쉬지 않고 빈 허공을 아주 빠른 속도로 떠돈다. 지금 내가 숨 쉬는 바로 이 눈앞의 공간은, 오래전에 해나 달이 지나갔던 자리일 수 있고, 금성이나 화성 같은 행성이 지나갔던 자리일 수도 있다. 무수히 많은 별들이 지나갔던 자리일 수도 있다. 여기도 우주다. 우주 공간이 따로 있는 게 아니다.

2015. 6. 4.

편안한 주말 첫날 오전

동네의 아주 조그마한 커피 전문점. 아메리카노를 야외 자리에서 마시고 있다. 바람이 분다. 반팔, 반바지 차림으로 나왔더니 시원하다. 주말 첫날의 오전. 마음에 여유가 있고 편안하다. 언제나 이러면 재미없는 인생이겠으나, 많은 날들이 이와 같기를. 맑은 하늘, 구름 한 점 없다.

2015. 6. 6.

메르스

긴급 재난 문자가 날아든다. 국민안전처에서 보냈다. 메르스 예방 수칙의 내용이다. 난데없는 메르스가 많은 사람들의 사회생활을 위축시켰다. 출퇴근 전철이나 버스에서 마스크를 쓴 이들이 점점 더 많아지고 있다. 불의의 피해를 볼 수 없다는 불안감의 표현일 것이다. 어제 퇴근길에 처음으로 마스크를 해 보았다. 어색하고 답답하긴 해도 불안한 마음은 덜했다. 메르스가 빨리 지나가기를.

2015. 6. 6.

주말 저녁, 양재천 스케치

저물 무렵 양재천에 나왔다. 엄마 따라 나온 아이는 물속의 무수한 잉어와 놀고 있다. 풍겨 오는 물비린내는 어릴 적 내 오랜 기억 속의 냄새. 학 한 마리가 먹이를 구하며 물속에 박혀 있고, 노란 금계국은 개울 둑에서 흔들리고 있다. 오고 가는 사람들, 옹기종기 모여 앉은 사람들, 홀로 물을 바라보는 사람들. 줄 선 가로등이 이 모든 이들을 밝히려고, 일제히 눈을 뜨고 있다.

2015. 6. 6.

생명의 소리

안개는 대한봉의 상반신만 데려갔다. 해수는 명경지수. 끼룩대는 생명의 소리들. 갓난아이가 엄마에게 젖 달라고 보채는 소리다.

- 실시간 독도

2015. 6. 9

운무 그리고 해무

서울.

아침 출근길. 3호선 전철을 타고 동호대교를 남에서 북으로 건너며 바라본, 서울숲 갤러리아 포레가 운무에 가려 희뿌옇게 보였다.

독도.

어제 아침에 대한봉 허리 위를 감고 있던 안개는, 오늘 아침엔 발목까지 적시고 있다. 안개는 가랑비처럼 남에서 북으로, 수평으로 흐른다. 바람이 남풍이다.

2015. 6. 10

창식아, 넌 언제 피리 부냐

창식아, 넌 언제 피리 부냐. 어제, 곧 고희를 바라보는 김인식 전 한화 감독이 한화 경기의 객원 해설을 하러 나와서 한 말인데, 십여 년 전 그가 한화 감독을 하던 때에 송창식 투수에게 농담으로 던지곤 하던 말이라고 한다. 동명이인 가수 송창식의 '피리 부는 사나이'라는 노래를 빗대어 한 농담이겠는데, 좀 어눌하게 하는 그 말이 재미있어서 잠깐 웃었다.

그때는 송창식이 20대 초반의 팔팔한 나이였다. 어제 옆에서 같이 해설하던 성낙철노, 십여 년 전엔 김인식 선 감독과 같이하던 한화의 투수였다. 당시 그는 요미우리를 거쳐 한화로 복귀한, 그 역시 팔팔한 30대 초반의 나이였다. 두 사람은 송창식이 그때보다 많이 좋아졌다고 했다. 하긴, 어제 경기에서 피홈런 두 개만 빼면 그런대로 잘 던졌다. 두 사람은 송창식에게 부상과 병마가 찾아왔을 때, 한화에 같이 몸담고 있었다. 감개무량은 아니더라도, 마음은 옛날로 돌아가서 송창식을 많이 응원했을 것이다.

2015. 6. 19

옛 고향의 노래

오늘 30여 년 전에 등단한, 동향의 시인이 쓴 시집을 우연히 읽었다. 알고 보니 그는 내 벽촌의 초등학교와 중학교 선배였다.

그와 나는 평소 알고 지내는 사이가 아니지만, 그가 쓴 시어의 내용은 마치 평소 잘 알던 고향 선배가 옛 고향 이야기 전해 주듯 하는, 고향의 노래 같은 것들이었다.

어릴 때 부모 형제의 기억이나 그때 고단한 일상의 기억을 되새겨 주는 내용이 많았는데, 나는 오늘 다시 돌아갈 수 없는 옛 기억 속에 흠뻑 빠져 있었다.

다시 돌아갈 수 없음은 애틋함의 정서와 닿아 있다.

2015. 6. 20

봄날은 간다

백설희가 부른 '봄날은 간다'를 좋아한다. 가사도 좋고 곡조도 마음에 들어서다. 언젠가 시인 100명에게 좋아하는 노랫말을 물었을 때도 이 '봄날은 간다'가 단연 1위였다고 한다. 오늘 유튜브에서 주현미, 이미자, 심수봉이 각각 부르는 '봄날은 간다'를 보았는데, 저마다 특색이 있고 듣기에 좋았다. 주현미가 부르는 '봄날은 간다'는 가락을 비틀고 소리를 당기고 놓는 솜씨가 일품이다. 이미자가 부를 때는, 음에 기름칠한 것 같이 매끌매끌하며 노래가 풍성하게 들린다. 심수봉이 노래할 때는, 간곡하고 애잔하기 이를 데 없는 음조인데 높은음은 당겨 내리고 낮은음은 당겨 올려서 음을 고르게 펴 주는 느낌이다.

2015. 6. 22

하지

오늘은 24절기 중 하지. 기원전 11세기에 세워졌다가 기원전 3세기에 망한 중국 주나라 시기에 고안된 게 24절기라고 하니, 하지의 역사는 2~3천 년쯤 되는 셈이다.

그 오래전을 살던 선인들이 만난萬難을 무릅쓰고 허공의 천체와 땅 위의 만물을 끈기 있게 관찰하고, 그 결과로 만물 순환의 이치를 터득하여서, 만대 후손들의 생활이 그 이치 속에서 복되도록 하였으니, 그들이 비록 우리 민족의 선인은 아니어도 그들에게 전하고 싶은 내 마음의 상찬은 크고도 깊다.

유구한 신비의 시간 중 어느 한 찰나를 단 한 번 사는 일회성의 나는, 앞으로 살아 있는 동안 이룰 수 있는 것이 무엇이 있을까.

2015. 6. 22.

우연

퇴근하며 터덜터덜, 나는 집으로 간다. 내 등 뒤에는 하얀 가로등이 켜져 있고, 내 그림자는 무심하게 나를 앞서 걸어간다.

그림자에 뒤처져서, 내 그림자를 밟아 가며 나는 생각한다. 나와, 가족과, 세상에 대하여. 그리고 허공과 땅에 대하여. 나는 또, 우연에 대해 생각한다. 수많은, 알 수 없는, 신비스런 우연. 그 모든 우연에 대하여. 나와 이 세상이 있기까지 있어 왔을 헤아릴 수 없이 많은 우연에 대하여. 내 부모, 부모의 부모, 부모의 부모의 부모⋯⋯ 선사 시대⋯⋯ 그 이전의 때까지도⋯⋯ 그 모든 때의 우연에 대하여. 내가 알 수 없는 모든 우연에 대하여. 나는 앞서가는 내 그림자에서 우연을 밟으며 간다.

2015. 6. 22.

把酒問月

7월

다시 맞은 7월에

다시 7월이다. 어, 하다가 올해의 절반이 지나갔다. 나는 언제나 바쁘게 달려가는 시간에게 말을 걸어 보았다. "좀 쉬었다 가요.", "내가 태어난 138억 년 전 이래로 나는 한순간도 쉬지 않았단다." 시간이 여전히 달려가며 대답했다. "모든 살아 있고, 살아 있지 않은 것들을 이끌고 앞서 가려면 쉬어 갈 여유가 없다"고 시간은 말해 주었다. 나는 하는 수 없이, 아주 공손하게 시간을 따라가기로 마음먹었다.

2015. 7. 1

안개 호수

오늘 아침 소백산 골골마다 저녁 무렵의 굴뚝 연기 같은 안개가 흐릿하게 들어차 있는데, 가까운 곳보다 먼 곳의 농도가 더 짙다. 안개는 시내처럼 나다니지 않고 호수처럼 한곳에 머물러 있다. 해는 구름 뒤에서 기척 없이 쉬고 있다.

- 실시간 영상

2015. 7. 7.

돌산 국기봉 아래에서

산 정상 좌우로, 파란 불길이 솟아 있다. 학교는 그런 산에 순하게 엎드려 있다. 지나가 버린 꿈의 시간 속에는, 아름다운 산세를 눈 뜨고도 모르던 한 사람 있었는데, 오랜 시간이 흐른 오늘에야 겨우 찾아와 조화를 감탄하며 섰다.

2015. 7. 11.

또 하나의 지구

'또 하나의 지구'를 발견했다고 일제히 보도되었다. 크기는 지구의 1.6배. 공전주기는 385일. 나이는 60억 년. 태양계 밖의 행성으로, 지구로부터 1,400광년 떨어진 거리에 있다고 한다.

빛은 1초에, 지구 둘레의 7.5바퀴 거리인 30만 ㎞를 진행하는데, 지구에서 출발해서 1억5천만 ㎞ 떨어진 태양에 도착하는데도 단 500초면 충분하다. '또 하나의 지구'는 이런 엄청난 빛의 속도로 1,400년 동안이나 진행해야 비로소 닿을 수 있는 곳이라는 얘기다.

1초에 지구를 7.5바퀴 도는 빛의 속도로, 1,400초도 아니고, 1,400분도 아니고, 1,400시간도 아니고, 1,400개월도 아닌, 1,400년 동안이나 진행해야 비로소 닿을 수 있는 거리란 과연 얼마나 먼 거리일까. 서기 600년 무렵의 삼국시대에 출발한 빛이 1,400년을 쉬지 않고 날아와 지금쯤에야 겨우 닿을 정도의 거리에 있는 '또 하나의 지구'는, 그러니까 보통 사람이 맨 정신으로는 상상도 할 수 없는 먼 거리에 있고 그저 꿈속에서나 겨우 어렴풋하게 짐작해 볼 수 있을 거다.

재작년에는 130억 광년이나 떨어진 은하가 발견되기도 했다. 빛의

속도로 1,400년 가는 거리도 상상할 수가 없는데, 빛의 속도로 130억
년을 가는 거리라니 말문이 막힌다. 지구에서 '또 하나의 지구'까지의
1,400광년은 이 130억 광년에 비하면 지나치게 초라하다.

2015. 7. 24.

라 캄파넬라

오랜만에 비다운 비가 내린다. 시원하다. 투명 유리 벽 저 너머로 굵은 빗줄기가 쉴 새 없이 뿌려진다. 나는 리스트의 '라 캄파넬라'를 들으며 그 모습을 넋을 놓고 바라본다. '라 캄파넬라'는 나를 먼 과거로 데려다 주는 묘한 곡조다. 비는 잠시 소강상태를 보이는 듯싶더니 또 한없이 퍼붓는다.

어린 날, 이제는 옛사람이 된 내 부모와 자연에서 살아갈 때에도 이런 날이 있었다. 퍼붓는 빗속을 뛰어가던 아이. 그 아이를 따라가던 부모. 그 아이는 그때 세상을 너무 몰랐다. 눈에 보이는 것은 모두가 자연이었다. 부모도 자연의 일부였고, 그 아이 역시 그랬다. 이맘때쯤, 그때를 되돌아보며 애틋해 할 줄은 몰랐다.

2015. 7. 25.

지리산의 사계

여름의 어느 날, 오늘 아침의 지리산은 말쑥하다. 산 위나 아래나 푸르고 푸르다. 하늘은 엷은 바다 빛이다.

지리산에서는, 산 아래가 봄의 한가운데일 때에도 산 위는 아직 겨울일 때가 있다. 그때, 봄날의 햇살은 연둣빛과 검은 빛의 지리산을 비춘다.

가을의 한복판, 지리산 아래로 단풍이 붉을 때, 저 멀리 산 위는 앞선 계절의 눈으로 하얗게 되기도 한다. 그때, 산 아래에서 위를 올려다보면 붉은 단풍과 흰 눈이 하나의 프레임에 들어오는데, 오후에 빛이 비스듬하게 내려올 때의 그 모습은 더 볼만하다.

- 실시간 영상의 지리산 사계

2015. 7. 27.

把酒問月

日월

얼굴, 꿈 이야기 3

오래전에 떠났었지요. 꿈을 꾸듯 몽롱했지요. 내가 알 수 없는 세상이었죠. 아직 단 한 점의 시공간도 없던 때의 한마음이, 또다시 머물 곳을 찾아 땅 위로 내려왔지요. 만남, 그 감격의 해후, 마음은 다시 힘차게 고동치기 시작했지요.

여긴 너무 어두워. 이제 나가야겠어. 문 좀 열어 주세요, 라고 해도 아직 대답이 없네. 아, 이 소리. 어디서 많이 듣던 소린데. 엄마의 심장 뛰는 소린가? 저 멀리서 소곤대는 소리는 할머니, 아빠 그리고 오빠 소린가? 그런데 엄마가 너무 찡그리고 힘들어 하니 어쩌지? 설마 내가 보기 싫어서 그런 건 아니겠지? 엄마, 미안해. 힘들어도 조금만 더 참고 힘내. 내가 나가면 엄마한테 이쁜 짓 많이 할게. 사랑해, 엄마.

2015. 8. 1

매미 소리

지금 주위는 매미 소리로 요란하다. 저 소리는 작년에 내 귀에 들리던 그 매미의 소리는 아닐 것이요, 분명 그 자손 매미의 소리일 것이다. 자손 매미는 선대 매미가 보낸 시간은 물론, 지금의 자기 시간도 알 리가 없을 것이고, 앞으로 자기에게 닥쳐올 시간에 일어날 일도 잘 모를 것이다. 매미이기 때문에.

그러나 나는 안다. 나만이 아니고 철든 사람이면 다 안다. 시간이 지나면 누구라도 가야 하는 그 세상을. 그래서 지금 흘러가는 이 시간은 소중하고 또 소중하다.

내가 누리고 있는 지금 이 시간은, 단 1초의 시간도 내가 노력해서 얻어낸 시간은 아니다. 무엇인지 모르는 신비의 대상으로부터 내가 선물 받은 것이다. 그러므로 그 자체로 축복이라고 함이 맞겠다.

2015. 8. 4.

오래전, 꿈 이야기 4

"얘, 생각해 봐. 시간이 정말 물처럼 흘러가는 걸까? 어제의 스물네 시간과 오늘의 스물네 시간이 같은 걸까? 시간을 고무줄처럼 늘였다 줄였다 할 수는 없겠지? 황당한 얘기이긴 해도, 시간이 갑자기 멈추는 일이 있을 수 있을까? 신이라면 멈추게 할 수 있을까? 시간 자체가 신일까? 신이 시간일까? 시간이 쭉 뻗은 일자형의 고속도로처럼 흘러가는 거로 보여? 시간도 지구처럼 둥글어서 영원히 순환하며 흘러가는 것일 수도 있잖아. 말도 안 된다고? 내가 간절히 쉬고 싶을 때면, 이 시간의 끈을 말뚝에다 묶어 놓고 쉬었다 가게 할 수는 없을까? 사람이 죽으면, 그 죽은 사람의 시간은 멈추는 거겠지? 시간을 잃어버린다고 해야 하나? 시간을 잃어버리고 그이는 어디로 가는 걸까? 태어나기 이전의, 그이에게는 없었던, 그 시간으로 되돌아가는 거겠지. 언젠가는 시간이 나를 버리고 떠나가겠지. 나는 시간이 없는 세상에서 왔어. 아니지, 내가 시간이 있는 세상에서 왔는지, 시간이 없는 세상에서 왔는지는 알려고 해도 알 수가 없어. 오래전, 오래전의 일이라고 해야 하나? 잘 모르겠어."

2015. 8. 6.

이매방 별세, 그와의 일화

오늘 오전, 이매방 명인이 향년 88세로 별세했다. 고인은 한국 춤의 거목이라 불리던 인간문화재였다. 오면 가야만 하는 이치를, 거목도 따를 수밖에 없었나 보다.

오늘 이매방 명인의 부음이 내 눈에 더 빨리 들어온 것은, 오래전에 있었던 그와의 자그마한 일화 때문이다. 그와 나는 양재동의 어느 대중목욕탕의 탕 안에서 우연히, 몇 마디 말을 나눈 적이 있었다. 그는 나에게 먼저 말을 걸어오면서, 목포가 고향이었던 이난영 얘기를 했다. 내가 그에게 "누구세요?"라고 물었던지, 그는 웃으며 "내가 이매방이야"라고 했다. 그날 집으로 돌아가서, 어디서 많이 들은 것 같은 그의 이름을 찾아보고서야 그가 누구라는 것을 비로소 알게 되었다.

명인의 명복을 빈다.

2015. 8. 7

폭염 속 소나기

갑자기 아주 세찬 소나기다. 천둥과 번개를 동반해서 매우 요란스럽다. 마른 하늘에 날벼락 같은 비다. 열대지방에 있는 스콜성의 폭우로 보인다. 전국이 요 며칠 폭염으로 푹푹 찌더니 시원하기는 하다. 오늘 하늘과 일기예보만 믿고 외출했던 사람들은 지금 낭패의 마음이겠다.

천둥이 허공에서 폭탄처럼 쾅쾅거리며 사정없이 터진다. 그 천둥이 워낙 강력하게 내 머리 위에서 바로 내리치는 듯하여, 잠시 몸을 움찔할 정도다.

2015. 8. 7.

정현석, 일체유심조

위암을 극복하고 돌아온 한화 정현석이 화제다. 정현석은 지난 수요일부터 어제 금요일까지 연속 3경기에 출장했는데, 연일 맹타를 휘둘렀다. 2 안타, 2 안타, 3 안타. 그가 3일 동안 매 경기 쳐낸 안타의 숫자다. 1군 경기 무대에 오랫동안 빠졌던 선수 같지 않은 활약을 하니 사람들에게 더 화제가 되는 것이다.

따지고 보면, 안타 몇 개 치고 못 치고가 뭐 그리 대단하겠는가. 칠 수도 못 칠 수도 있는 것, 잘할 수도 못 할 수도 있는 것. 그런 것 아니겠는가. 야구뿐만 아니라 세상일이란 것이. 내가 지금 하는 이 초연한 말은, 정현석이 암을 극복한 지금이 아닌, 암을 이겨 내기 위해 이 악물고 버텼을 암 극복 과정의 정현석 입장에서 한 말이다.

내가 정현석이 아니므로 잘은 모르지만, 아마도 암을 극복하고 다시 경기장을 누비는 현재 그의 마음가짐은, 암을 겪어 보지 않은 선수의 마음가짐과는 다를 것이다. 물론, 암이 찾아오지 않았던 과거 정현석 자신의 마음가짐과도 다를 것이다. 일체유심조. 나는 이 말을 믿는다.

드라마 작가, 조인성과 김경언

각본 없는 드라마. 언제 어떻게 될지는 두고 봐야 한다. 1분 1초 후의 운명도 모르는 우리 인생사와 닮았다. 오늘 극적으로 승리한 한화 야구를 두고 하는 말이다.

오늘의 드라마는 조인성과 김경언이 썼다. 오늘 한화는 8회에 터진 조인성의 3점 홈런과 김경언의 2점 홈런으로, 롯데에 끌려가던 전세를 일시에 뒤집고 6 대 4로 이겼다. 무더위를 확실히 날려 버리는 시원한 홈런 두 빙이있다.

2015. 8. 8.

야구와 축구, 홈런과 골

어제의 한화 경기 중에서 조인성과 김경언의 홈런 장면을 다시 보았다. 다시 봐도 감동이다. 이 감정은 무엇일까. 나만 그런 게 아닐 것이다. 경기장에서 또는 집에서, 한화를 응원하면서 경기를 지켜본 사람이면 대부분 그랬을 것이다.

야구에서 내가 응원하는 팀이 홈런을 날린 순간은, 축구로 말하자면 골인이 되었을 때와 비슷하다. 그러나 많은 경우 홈런이 골인보다 더 극적이다. 훨씬 더 짧은 시간에, 그때까지의 상황을 들어 메치는 반전을 끌어낼 수 있기 때문이다. 투수가 던진 공을 타자가 받아 쳐서 담장을 넘기는 데 걸리는 시간은 1~2초면 충분하다. 그러니까 느닷없이 쾅. 언제나 이런 식인 것이다.

축구는 단 1점을 얻기 위해서도, 몇몇 세트 플레이 상황에서 순식간에 골이 들어가는 것 말고는, 최소 수십 초 동안의 공을 몰아가는 과정이 필요한데 야구는 그렇지 않다. 그리고 축구의 골은 어떤 상황에서도 오직 1점씩의 값어치로만 인정된다. 반면 야구의 홈런은 다 똑같이 담장을 넘어가는 공이라도, 홈런을 칠 당시에 루를 채운 선수가 몇 명이냐에 따라 그 홈런의 값어치가 다르게 인정되어 1점짜리 홈런부터 4점짜리 홈런까지 다르다.

30년 만의 만남

그저께 밤, 고3 때 같은 반이었던 10명이 시내 모처에서 만나서 먹고 마시고 노래했다. 그중 4명은 졸업하고 처음이니 30년 만이었다. 30년, 참 긴 시간이다. 운이 짧은 사람은 30년도 살지 못하고 단 한번밖에 없는 생을 하직하기도 하니까.

우리는 학창 시절로 돌아가 추억을 더듬으며 웃고 떠들었지만, 지나간 시간은 각자의 얼굴과 머리카락과 생각에 무수히 내려앉아 우리를 뚫어지게 바라보고 있었다. 시간은 우리에게, 지나간 30년의 단 1분 1초도 절대 되돌아갈 수 없다고 일러 주었다.

2015. 8. 15

오고 있는 가을에게

사람들에 대해 생각해 본다. 특별한 사람들이 아닌, 평범한 사람들. 그들의 생각 그리고 행동들. 또 나에 대해 생각해 본다. 나의 생각과 행동들. 얼마나 같고 얼마나 다를까. 세상을 살며 참, 머뭇거릴 일이 점점 많아진다. 나이가 들어 가니 더 그렇다. 그윽하게 바라보고 생각할 일들이 하나둘이 아니다.

내가 부르지 않고 손짓하지 않아도 가을은 여전히 잊지 않고 찾아오고 있다. 나는 모든 평범한 사람들과 더불어 다가오는 가을을 더 그윽하게 맞이하고 싶다.

2015. 8. 23.

설악산 바람, 안개

지금 설악산 권금성 부근의 바람은, 나뭇가지를 꺾어 놓을 듯 세차다. 태풍의 탓이겠다. 건너편 울산바위는 진한 안개에 묻혀 시야에서 가려져 있다.

- 실시간 영상

2015. 8. 25.

관악산, 삼성산 그리고 계양산

오늘 아침.

햇빛을 받은 건너편 관악산과 삼성산이 근래에 드물게 선명했다. 멀리서 보는 여름 산이 너무 선명해서 약간 검푸르게 보이는 그런 날이었다. 산 위로는 흰 구름이 적당히 깔려 있었고, 산 아래로 솟은 고층 아파트는 햇살에 더욱 하얬다.

그리고 저녁.

노을이 서산 위의 구름을 붉게 물들이고 있다. 사무실에서 희미하게 보이는 날이 많던, 먼 곳의 서산이 오늘은 뚜렷하다. 저 서산을 가보지는 않았지만, 인천에 있는 계양산이라고 한다. 언제 한번 가봐야지, 생각해 본다.

오늘 아침에 빛나던 관악산과 삼성산은 이미 검은 산이다.

2015. 8. 26

낯선 풍경

하루 종일 이런저런 고민하며 일을 하다가, 퇴근 무렵이 되어서 고개 들고 먼 곳을 멍하니 바라볼 때에, 그 먼 곳이 낯선 풍경처럼 보이는 것은 내가 살아가는 이 세상이 그리 녹록한 곳만은 아니어서기도 할 것이다. 어디, 나만 그렇겠는가.

오늘 해 질 무렵의 먼 곳은, 흐릿하고 불그레한 하늘이다. 그래도 저 풍경은 신이 내게 공짜로 내려 준 선물이다.

2015. 8. 28.

把酒問月

九月

소중한 것

나는 나의 것이 아니다, 라는 게 옳아 보인다. 내 몸과 내 생각을, 내 마음대로 하면 안 된다는 생각이 요즘 들어 점점 더 강하게 든다. 그런 만큼 내가 소중하다는 생각이 더 커져 간다. 내가 소중한 만큼, 다른 사람들을 나 이상으로 더 소중하게 생각해야 하는 건 당연하다. 소중함. 이 소중함의 가치를 앞으로는 더 간절히, 그리고 시시각각 느끼며 살아가고 싶다. 그동안 정말로 소중한 것을 소홀히 하다시피 하며 살아왔다.

2015. 9. 1

딜라일라와 박달재

출근하며 회사에 가까이 오면 자주 듣는 노래가 있다. 가수 조영남이 부르는 '딜라일라'와 '울고 넘는 박달재'다.

그의 '딜라일라'를 듣고 있으면 막혀 있던 어떤 것이 시원하게 뻥 뚫리는 듯해서 좋고, '울고 넘는 박달재'는 왠지 하루 일이 노래처럼 술술 잘 풀릴 수 있을 것만 같아서 좋다.

특히 월요일 아침에 듣는 조영남의 딜라일라와 박달재가 그중 더 좋다.

2015. 9. 1

시인 김관식, 자하문 밖

사람이 사는 길은 물이 흘러가는 길

산 마을 어느 집 물 항아리에 나는 물이 되어 고여 있다가 바람에 출렁거려

한 줄기 가느다란 시냇물처럼 여기에 흘러왔을 따름인 것이다.

권위에 대한 가차없는 독설, 온갖 기행과 폭음과 주정 때문에 괴짜
시인으로 알려진 김관식(1934~1970)이 읊은 '자하문 밖'이라는 시의 일
부다. 크고 넓게는 우주와 생명, 그보다 좀 작고 좁게는 인생의 오묘
에 대하여 맑음과 시원함, 깊음과 유구함의 언어로 표현하였다. 나에
게 그렇게 느껴진다는 뜻이다. 문득, 자연 속에 묻혀 살던 때가 생각
나기도 하는 시였다.

2015. 9. 5.

천지와 장백폭포

오래전, 중국을 통해 백두산에 오른 적이 있었다. 십육 년 전 여름이었다.

천문봉에서 내려다본 천지는 하늘과 구름과 봉우리가 비쳐져, 파랗고 하얗고 검었다. 흑풍구에서 굽어보니, 장백폭포에서 계곡을 따라 곡선으로 물줄기가 흘러내렸다. 그 물줄기는 가느다랗기는 했어도, 유난히 희고 선명했었다.

호수는 내가 잊고 지낸 동안에도 내내 파랗거나 또는 하얗거나 검었을 것이고, 물줄기도 변함없이 하얗게 흘러내렸을 것이다.

2015. 9. 8.

가라앉는 태양

하지를 지나며 매일 조금씩 남쪽으로 가라앉던 태양의 고도는, 동지가 되면 조금씩 북쪽으로 떠오른다. 하지를 지나 동지로 가고 있는 지금은 해가 가라앉는 중인 것인데, 가라앉으니 낮이 짧아지는 것이다.

남쪽에 치우친 고층 사무실의 내 자리에서, 며칠 전 해 질 무렵부터는 그동안 보이지 않던 일몰의 태양이 보인다. 해가 남쪽으로 많이 가라앉았고, 그래서 해가 지는 시각도 많이 앞당겨졌으니 당연한 것이다.

일몰 무렵의 노을을 좌우로 거느리고, 붉은 태양이 서울의 아파트 숲 아래로 풍당, 하고 빠지는 모습은, 오늘 보니 장관이다. 하루 일을 마무리하며, 생각지 못한 덤으로 이런 것까지 받으니 신께 고마울 따름이다. 오늘 하루 좀 더 열심히 할걸, 하는 후회도 생긴다.

2015. 9. 9.

가을의 인사

해 질 무렵 남산에 올랐다. 바람이 시원하여 산책 나온 사람들이 많았다.

케이블카에서 내리는 많은 이들 중에 눈에 띄는 아이가 있었다. 엄마 손을 잡고 하얀 블라우스에, 하얀 스타킹과 하얀 신발을 신은, 긴 머리카락의 서너 살 정도로 보이는 여자아이였다. 아이는 계속 칭얼거렸다. 내가 그 아이에게 잠시 시선을 빼앗긴 것은, 오래전 내 아이의 모습을 보는 듯해서였다.

지금, 남산 팔각정 벤치다. 동쪽으로 보이는, 광장의 나뭇잎에 어느새 불그레한 기운이 있다. 가을이 찾아와 문을 똑똑똑, 두드리면서, "내가 왔어요" 하며 인사하고 있는 것이다.

2015. 9. 2.

황금찬, 생활을 시로 빚고 싶다

　　황금찬 시인이 얼마 전 제60회 대한민국 예술원상 문학 부문 수상자로 선정됐다. 1918년생이니 올해 98세. 시인의 오래전 신문 기고문 (1956년 4월 19일 동아일보 4면 기고, 「시와 생활」)이 있어서 읽어 보았다.

　　그는 여기서, "예술을 위해 생활하는 것이 아닌, 생활 속에서 예술을 발견해야 한다"고 하면서 "생활을 시로 빚고 싶다"고 했다. 그러면서, "인생이 죽은 다음 남는 것이 있다면 그것은 진실일 것"이라며 잔잔하지만 커다란 울림이 느껴지는 얘기도 했다.

　　시인은, 14세 때에 벌써 "일생을 두고 문학을 하겠다"는 결심을 했다고 한다. 위의 기고문을 쓴 것이 39세때이고 내년이 백수白壽이므로, 그는 정말 멋있게 남들이 못하는 오랫동안, 한평생 문학을 하는 셈이다.

2015. 9. 13.

최동원, 내가

오늘 부산에서 한화와 롯데의 경기 전에는, 내일로 4주기가 되는 고 최동원 선수에 대한 추모 묵념이 있었다. 1회가 끝나고, 중계하던 방송에서는 그가 생전에 티브이에 나와 노래하던 장면을 보여 주었다. 젊은 모습의 그는 오래전 대학가요제를 통해 소개된 '내가'라는 노래를 불렀는데, 가수 김수철이 옆에서 기타 반주를 했다. 으레 광고방송이 나올 것으로 생각하던 때에 전혀 예고 없이 망자가 된 그가 등장하여, "아름다운 생을 찾겠다"고 하고 "님을 찾아 세상 끝까지라도 가겠다"며 그 노래를 열창하는 모습을 지켜보고 있으니, 지나간 날의 그가 생각 나서 한동안 찡했다.

자료를 찾아보니 방송은 1984년 12월 15일의 'MBC 쇼 스타 24시 최동원 편'이었다. 그러니까, 그가 1984년 한국시리즈에서 맹활약하며 롯데를 우승으로 이끈 지 얼마 지나지 않은 때의 모습이다. 그의 나이 27세였고, 그는 54세 때인 지난 2011년에 세상을 떠났으니, 노래를 부른 때는 인생의 반환 지점이었던 셈이다.

늦었으나, 진심으로 그의 명복을 빈다.

장효조, 야구 인생의 빛과 그림자

한국 프로야구 레전드 10인, 타격의 달인 고 장효조 편을 보았다. 통산 타율 3할 3푼 1리. 야구 천재라는 뭇사람들의 찬사 이전에, 야구밖에 몰랐던 한 인간의 모습이 많은 사람들의 회고를 통해 생생하게 전달되었다. 그 회고들을 종합하면, 결국 그의 야구 인생은 환희와 절망, 기쁨과 슬픔, 빛과 그림자로 엮인 것이었다.

타격의 달인, 안타 제조기, 타격의 천재 등은 그가 환희와 기쁨의 마음이도록 하는 상찬賞讚의 말들이었으나, 그의 야구 인생에 늘 이런 빛만 있었던 것은 아니었다. 1988년 그의 의사에 반해 삼성에서 롯데로 트레이드 되었을 때 받았던 커다란 상처, 두 번의 미국 야구 유학 후에도 잘 풀리지 않았던 지도자로서의 길과 그로 인한 긴 방황 등은 그의 인생에 있어 그림자였다.

그가 롯데로 트레이드 되자, 그의 마음에서 80% 정도는 야구를 그만두려고 했었다는 주변인의 회고는 당시 그가 이 일로 얼마나 크게 실망했는지 짐작이 된다. 그리고 은퇴 후 수년간 방황하다, 삼성에서 스카우터로 그를 불렀을 때 부인 앞에서 엉엉 소리 내어 울었다고 그의 부인이 말해 주었다. 부인은 그가 자기 앞에서 우는 것을 처음 보았다고 했다. 얼마나 응어리진 것이 있었으면 독종이라고 소문난 그가 그렇게 소리 내어 울 정도였을까.

이제 그는 가고 없다. 그가 세상에 있을 때 사람들에게 보여준 모습과 말들만이 사람들의 기억 속에서 살아 있을 뿐이다. 그의 부인은 마지막 부분에서, 그가 눈을 감기 전 그와 있었던 일을 얘기해 주었다. 그가 부인에게 "그동안 고마웠다, 미안하다"고 했고, 부인은 "먼저 잘 가 있어. 우리 둘이 힘들 때마다 자기가 하늘에서 우리를 도와줘"라고 말했다. 그러자 그는 고개를 끄덕하면서 울었다. 눈물을 흘리며 꿀꺽하였다. 그것이 마지막이었다.

향년 56세, 우리의 야구 천재, 어떤 이에게는 독종으로 기억되고 있는 그는, 이렇게 전혀 독종 같지 않은 모습으로 다시 못 올 먼 길을 너무 일찍 떠났다. 그래서 사람들이 더욱 더 그를 그리워하게 될 것이다. 그의 명복을 빈다.

2015. 9. 19.

박철순, 불사조의 눈물

한국 야구 레전드, '영원한 에이스 불사조 박철순' 편을 보았다. 1982년 국내 프로야구 원년 우승은 OB가 했다. 그때 우승을 이끈 이가 박철순이다. 그는 그해 22연승을 했다.

많은 사람들에게 그는 '불사조'로 기억되며 불리고 있다. 수차례의 치명적인 부상에도 불구하고 이를 극복하여 다시 그라운드로 돌아온 그를 한마디로 표현하기에 적절한 말이기 때문이다. 잇단 허리 부싱과 광고 촬영 중 아킬레스건 파열까지, 선수 생명이 끝날 수 있는 위기들을 그는 강한 정신력으로 이겨냈다.

그는 1995년에 9승을 했고, 그해 한국 시리즈 5차전 위기 상황에서 구원 등판하여 연속 삼진으로 팀을 구하기도 했다. 그리고 그해 OB의 한국 시리즈 우승이 확정되자, 그는 그라운드로 뛰어나가 얼싸안고 크게 소리 내어 울었다. 그가 이겨 낸, 하지만 그 모든 과정에서 있었을 큰 아픔의 기억들이 기쁨의 순간에 불쑥 떠올라, 불사조로 하여금 그렇게 많은 눈물을 흘리게 한 것일 게다.

1997년 열린 은퇴식에서 그는 프랭크 시내트라의 'My Way'가 배경

음악으로 흐르는 가운데 "그동안 많은 사랑과 고통을 받았던 마운드를 떠나려고 합니다"라고 심정을 밝혔다. 그리고 마운드에 가슴 찡한 키스를 하고 애환의 마운드를 떠났다.

2015. 9. 19

순살 반, 프라이드 반

밤에 들어오는 길에 집 근처 치킨집에 들러서 "순살치킨 반마리, 프
라이드치킨 반 마리 주세요"라고 했다. 그랬더니 주인의 대답은 "네"
하며 말끝이 내려가지 않고, "네?" 하며 올라간다. 나는 목소리가 작
아 못 알아들었나 싶어서 더 크게 "순살치킨 반 마리, 프라이드치킨
반마리 주세요"라고 또 말했다. 주인은 고개를 갸웃하더니 이윽고,
"순살로, 양념치킨 반마리와 프라이드치킨 반마리 말씀인가요?"라고
되물어 왔다. 아차! 그제야 나는 잘못을 알아차렸다. 잠깐 딴 생각하
다가 이상한 주문을 한 것이다.

2015. 9. 19

추석 정서 몇 가지

해뜨기 전 집을 나서 고속도로에 들어섰다. 일부 구간에서 정체가
되었다. 아침 해가 비치는 검은 길 위로 안개가 날려 곳곳의 풍경이
희미하였다. 안개는 어느 동양화 속의 하얀 여백처럼 보였고, 내가 모
는 차는 거기에 맹렬히 달려드는 듯하였다.

형제들이 아버지와 엄마 산소에 성묘를 갔다. 아버지도 엄마도, 살
아서 일구던 땅에 잠들어 있다. 오래전 그곳에서 호미 들고 밭일하
던 모습이 생각났다. 산소 위로 풀벌레들이 뛰어다녔고, 잠자리는 다
른 잠자리의 꼬리를 물고 날아다녔다. 잔을 올리고 절을 하였다. 하
늘은 맑았다. 성묘를 마치고 논둑길로 나오며 보니, 고개를 숙이며
익어 가는 벼가 연둣빛을 버리고 노랗게 바뀌어 가고 있었다. 우리
형제들은 차로 주위를 드라이브했다. 아직 날이 더워 차량 에어컨을
세게 틀었다.

성묘에서 돌아와 쉬다가 또 식사를 했다. 떡과 식혜와 과일을 먹
고, 형수가 끓여 주는 커피도 얻어 마셨다. 티브이로 야구를 보다가
오후 4시경 귀경길에 올랐다. 중부 내륙 고속도로 상행선 문경새재
나들목 부근을 지날 때, 정면으로 보이던 주흘산 산세는 아주 멋이

있었다. 많은 사람들이 고속도로를 지나며 감탄한다는 풍경이다. 언제 그곳을 오르리라 생각했다.

서울에 가까워지자 차가 정체되어 가다 서다를 반복했다. 따분하고 지루해서 주현미와 심수봉 노래를 들었다. 휴게소에 들렀다. 우동한 그릇 먹을 자리가 없어 식판을 들고 밖으로 나와, 보름달을 쳐다보며 먹었다. 달이 밝았다. 나는 내게 소중한 사람들을 위해 기도했다. 귀가하니 밤 9시였다.

2015. 9. 27.

주흘산 산세

    고향에 오고 갈 때 중부 내륙 고속도로를 이용한다. 그 길을 거쳐 상경하면서 문경새재 나들목 부근을 지날 때마다 인상적인 모습으로 눈길을 끌던 산이 있었다.

    주변에서 우뚝한, 산 위가 기와집 용마루처럼 길게 수평으로 흐르다가 끝은 망와같이 오뚝한 봉우리여서 퍽 인상적이었다. '저 산은 무슨 산일까?' 하는 궁금증이 저절로 생기곤 했다. 그러나 그것은 늘 그때뿐이었고, 지나고 나면 곧 잊어버렸다. 하지만 어제는 잊어버리기 전에 찾아보기로 했다. 나는 다음 휴게소에 잠시 멈춰, 내가 궁금해하던 산이 무슨 산인지 알아보았다. 그랬더니, 그 산은 주흘산이었다. 그리고 서쪽의 조령산과 동쪽의 주흘산 가운데의 안부鞍部가 바로 문경새재(조령)였다.

    주흘산은 소백산, 주흘산, 조령산, 속리산, 덕유산, 지리산으로 이어지는 소백산맥의 해발 1천m 이상급 산 중의 하나이다. 그런데 소백산맥은 신생대 3기(6천5백만 년 전~2백만 년 전)에 있었던 경동성 요곡운동(지각이 위아래로 휘는 변형)에 의한 1차 산맥으로, 침식작용과 관련된 2차 산맥이 아니다. 그러니까 긴 세월 동안 조금씩 깎여서 만들어진 산세가 아니라, 그 이전에 커다란 상하 지각운동에 의해 일시에 만들어진 산세라는 것. 소백산맥에는 조령 외에도 죽령과 추풍령이 있다.

심수봉, 돌아와요 부산항에

　지금은 어떤지 모르지만, 전에 어쩌다 부산행 기차를 타고 부산에 도착할 즈음이면 기차 방송을 통해 조용필의 '돌아와요 부산항에'를 틀어 주었는데, 그게 그렇게 좋았었다. 지루했던 기차 여행이 끝나고 이제 다 왔다는 심리가 더해져 더 좋게 느꼈던 게 아닐까 생각해 본다.

　어제 추석을 맞아 고향에 갔다가 귀경하면서 심수봉이 노래하는 '돌아와요 부산항에'를 들었다. 서울 인근이었고, 마침 지루하게 정체되던 고속도로가 이제 막 시원하게 뚫리던 때였다. 십여 미터 간격으로 도로 양쪽에 촘촘하게 세워진 고속도로 변의 등불들이 묘한 분위기를 연출하는 가운데 듣는 심수봉의 부산항 노래는, 조용필의 그것 이상으로 좋았다. 이제 다 왔다는 생각과 함께 차량 정체가 풀려서 더 좋게 느꼈다.

2015. 9. 28.

후두둑, 은행 열매

연휴이지만 집 근처 식당이 문을 열어서 그 앞에서 뭘 먹을까 생각 중인데, 내 옆에서 갑자기 '후두둑 후두둑' 하는 소리가 난다. 식당 앞의 은행나무에 열렸던 은행 열매가 한꺼번에 떨어지는 소리다. 바람도 없는데, 자동 낙과다. 조금 있으니 또 '후두둑' 한다. 바닥은 금세, 떨어진 은행 천지다. 떨어진 은행 열매는 가을만 되면 어디를 가든 보는 것이지만, 이렇게 한꺼번에 떼를 지어 떨어지고 있는 건 처음 본다.

낙과하던 나무는 은행나무의 암나무다. 은행나무는 버드나무, 뽕나무 등 5% 미만의 나무에만 해당하는 암수가 따로 있는 나무다. 꽃가루(이동할 수 있도록 꼬리가 있어 실제는 꽃가루라고 하지 않고 정충이라고 함)를 멀리 보내야 하는 수나무는 대체로 키가 크고, 꽃가루를 잘 받아 내야 하는 암나무는 대체로 옆으로 퍼진 모습이 많다고 한다. 자연의 섭리다.

개별 은행나무가 천 년 이상을 사는 장수 나무이기도 하지만, 종 자체가 아득한 세월 동안 어려운 생존의 시기를 극복하고 멸종하지 않았다. 수차례나 지구를 덮쳐 왔던 동식물 대멸종의 시기도 의연하게 버텨 낸 몇 안 되는 식물이 은행나무다. 고생대 말 페름기 때인 2

억7천만년 전 화석에서 발견되기도 했으며 중생대에 번성했던 은행나무는, 그래서 살아 있는 화석으로 불린다.

오늘 내가 본 장면처럼 은행나무가 열매를 맺고, 그 열매가 때가 되니 저절로 '후두둑' 떨어질 줄 알았던 것, 이것이 2억7천만 년이라는 아득한 세월을 견뎌내고 지금도 지구 상에서 살아가고 있는 화석나무가 된 비결일 것이다.

2015. 2. 28

산소 위의 잠자리

이번 추석 때 성묘를 갔다가 산소 주변을 특이한 형태로 날아다니는 잠자리를 많이 보았다. 한 마리가 다른 한 마리의 꼬리를 물고 날아다니는 모습이었는데, 그것은 두 대의 비행체가 하나의 몸체로 날아다니는 것처럼 보여 무척 신기했고, 그래서 한동안 시선을 뗄 수가 없었다. 평소에는 그저 하찮은 곤충이니 관심도 가지지 않았을 텐데 말이다.

그러나 알고 보면 잠자리는 그리 하찮게 볼 곤충이 아니다. 잠자리는 유충기가 1년에서 수년이고, 성충의 수명은 길어야 6개월에 불과하다. 하지만 6m 앞의 것도 분별할 수 있고, 20m 밖의 움직이는 물체를 볼 수 있으며, 빠른 놈은 시속 100㎞로 난다. 헬리콥터처럼 정지 비행과 후진 비행도 할 수 있다.

무엇보다도 잠자리를 하찮게 볼 수 없는 이유는, 고생대 석탄기(3.6억년 전~2.9억년 전)에 등장한 이후 그 오랜 시간 동안 끝도 없이 후대로 이어 온 생명의 끈질김 때문이다. 잠자리와 사람의 능력을 비교한다고 하면 누구라도 웃을 일이지만, 그 종족 보존 능력만큼은 그렇지가 않아 보인다. 원시인류는 350만년 전이 되어서야 겨우 등장했다.

잠자리는 이 350만년보다 약 100배의 시간 동안을 버텨왔다. 잠자리가 버텨 온 3억5천만년 쯤이 지난 후, 그때에도 인류는 살아남아 있을 것인가, 아니면 멸종되고 없어질 것인가. 그것도 아니면 지금은 상상하지 못하는 어떤 다른 종으로 진화해 있을 것인가.

2015. 9. 29.

把酒問月

10월

시간 여행

중앙선 무궁화 열차. 나는 지금 이 열차에 몸을 싣고 남하 중이다. 깊어 가는 가을. 멀리서 다가왔다 곧 사라지는 차창 밖 풍경의 깊고 옅은 곳 여기저기마다에는, 잊혀지지 않는 옛 기억들로 가득하다. 시간 여행이다.

2015. 10. 3.

세 가지 기억

어제 오후 창밖을 바라보던 내 시야로, 강 건너 산기슭을 따라 죽이어지던 통행로가 끝이 나자 기차는 곧 종착역에 닿았다. 4시 반. 졸업 30년 만의 사은회는 밤 6시부터였다.

나는 머뭇거리지 않고, 오래전 내가 자취와 하숙을 하던 곳으로 갔다. 실종과 폐허. 30년 만에 예고 없이 찾아본 그곳에 대한 간단한 결론이다. 자취하던 집은 없어졌다. 구멍가게를 하며 몇 개의 방을 세놓던 집이었다. 그 자리에는 낯선 건물이 대신 들어와 있었다. 그곳에서 불과 100m 이내 거리로, 산 아래로 바싹 들어간 곳에 하숙집이 있었다. 그 집은 폐허인 채로 빈집이었다.

나는 당시에 자취와 하숙을 했던 곳에서 직선으로 나 있던 간선도로를 따라 등교를 했었다. 약 1.5km였으니 걸어서 20분쯤 걸렸었다. 나는 30년 만에 그때 등교하듯이 그 길을 따라 걸어 보았다. 좌우에 보이는 것 중에 당시의 것으로 기억나는 게 거의 없었다. 기억이 안 나는 게 아니고 모두 바뀌어서 그랬다. 기억나는 세 가지 말고는 모두 바뀌어 있었다. 통학 길의 중간쯤에 있던 초등학교, 학교 가까운 곳에 있던 당시로서는 신식이었던 5층짜리 주공아파트, 그리고 지금은 다른 곳으로 옮겨 가고 중학교로 변해 있는 당시의 내 고등학교, 이렇게 세 가지가 기억의 전부였다.

나는 생각해 보았다. '흔히 10년이면 강산이 변한다는데, 30년이 지 났으니 강산이 세 번이나 변한 세월. 상전벽해가 된 건 당연한 게 아 닌가.' 저물어 가는 시간, 나는 옛 교정의 입구로 보이는 곳에 이르러 걸음을 멈추었다.

2015. 10.

교정에서

　여긴가. 아닌가, 저 밑인가. 나는 30년 전에 내가 다녔던 학교 교문 근처에 멈춰 서서도 그곳이 맞는지 확신이 없어서 몇 번이나 머뭇거렸다. 그러다가 교문 쪽으로 들어가 보았다. 큰길에서 교문까지 진입로가 꽤 먼 거리로 기억되는데 실제는 아주 짧았다. 이건 순전히 내 기억의 오류. 교문을 들어서니 오른쪽으로 넓게 펼쳐진 운동장에서 아주머니 몇 명이 운동 중이었고, 아이들 몇 명도 놀고 있었다. 진입로 부근의 운동장 가장자리로 서 있었던 철봉과 평행봉은 예전처럼 그 자리에 서 있었다.

　이 층의 앞 교사와 삼 층의 뒷 교사는 예전과 달라질 리 없었지만 부분적으로 개조되고 색칠이 되어 있었다. 교사 뒤편의 분식을 팔던 건물, 창고, 강당 건물도 예전의 자리를 지키고 있었으나 그때의 용도처럼 쓰이는 지는 알 수가 없었다.

　교사 뒤를 다 돌아 학교를 정면으로 바라볼 수 있는 운동장 끝으로 가서 섰다. 예전의 기억에는 없는 다 자란 은행나무가 줄지어 서 있었고 그 아래로 벤치가 군데군데 보였다. 교사 뒤로 보이는 산이 푸르렀고, 해는 서산으로 뉘엿 지고 있었다. 밤 여섯 시가 가까워, 나는 학교를 빠져나와 서둘러 예정된 장소로 향했다.

어색함과 미안함

행사장에 도착해서 진행자들이 건네주는 이름표를 가슴에 붙였다. 내가 아닌 남을 위한 이름표다. 반별로 테이블이 있었고, 나는 더듬거리며 고등학교 3학년 때의 반 테이블을 찾아갔다. 십여 명이 먼저 와 있었고 어색한 상봉이 이어졌다. 졸업 후 처음으로 보는 사람들이 더 많았다.

대강 자리 정돈이 된 후 은사님들이 한 분씩 중앙 무대로 소개되었고 간단한 인사말도 있었다. 시사는 뷔페식으로 했다. 그런 후 반별로 차례로 무대에 나가 박수 치며 노래했다. 우리 반은 담임 선생님이 선곡한 '모정의 세월'을 불렀다. 열 개 반이 순서대로 선곡하고 무대에서 노래하는 사이 중간중간에 개별로 알아서 인사를 다녔다. 나는 2학년 때 담임을 했던 선생님께 가서 인사했다. 반별이 아닌 전체가 하나가 되는 작은 이벤트를 한 후에 우리는 은사님 모두에게 한꺼번에 큰절하며 공식 행사를 끝냈다.

나의 반은 조용히 앉아서 얘기할 수 있는 곳으로 장소를 옮겼다. 늦게 도착한 사람까지 합해서 열다섯 명이 모였다. 그곳에서 담임 선생님으로부터 더 많은 얘기를 들을 수 있었다. 선생님은 연세가 일흔 다섯이라고 했다. 아직 정정해 보여서 마음이 놓였다. 마주 앉아 몰라보게 변한 서로의 얼굴을 바라보며, 오래전 학창시절의 얘기를 주고받았다. 졸업 후 삼십 년간 있었던 일도 얘기되었는데 그중에는 이번 행사에 함께하지 못한 사람들에 대한 얘기도 있었다.

밤 열 시 반쯤 선생님을 먼저 보내 드리고, 우리끼리 다시 근처 노래방으로 가서 얘기하고 마시고 노래했다. 나는 행사 전에 있었던 옛 자취 하숙집과 등굣길, 그리고 옛 교정을 찾았던 이야기를 했다. 모두들 관심을 가지고 들어 주었다. 이번 만남이 설레고 기다려졌다는 말도 있었다. 졸업 후 30년을 살아오면서 있었던 힘들고 어려웠던 일들에 대한 얘기도 많이 쏟아져 나왔다. 우리는 모두 귀를 모으고 관심 있게 들었다. 나는 너 나 할 것 없이 우리를 거쳐 지나간 세월이 쓸쓸하게 느껴졌다.

돌아가며 하는 얘기들이 끝나고, 돌아가며 노래를 불렀다. 나는 팝송 'Cotton Fields'를 불렀다. 누군가 "지방대 나온 우린 이런 노래 부르는데, 서울에서 대학 나왔다고 팝송 부르네"라며 농담을 했다. 나는 그것이 농담인 줄을 알기에 웃었다. 사람들은 모른다. 내가 그 노래를 천 번도 넘게 들었다는 것을. 그 말은 하지 않았다.

내가 노래하고 나니 시간이 이미 밤 한 시를 넘어가고 있었다. 나는 반장에게만 얘기하고 자리를 빠져나왔다. 한번 반장은 영원한 반장인가. 이번에 이것저것 챙기느라고 반장이 수고가 많았다. 먼저 나오며 나는 반장에게 "먼저 가서 미안하다"고 했다.

자리에서 나온 나는 가까운 곳에 사는 여동생 집으로 갔다. 늦을 거라고 미리 얘기했지만 너무 늦은 시간에 찾아 미안했다. 나는 집을 들어서며 미안하다는 말부터 했다.

2015. 10. 4

여동생과 비발디

오늘 아침에 일어나며 보니 부엌에서는 여동생이 벌써 일어나 아침밥을 준비하고 있었다. 여동생은 나를 위해서 해장이 되라고 콩나물국을 끓였다. 황태구이를 요리해서 내어놓았고, 계란말이와 시금치무침, 김치, 기타 찬들을 내어놓았다. 여동생의 집에서, 여동생이 차려 주는 밥을 얻어먹기는 처음이었다. 밥과 국, 찬들에서 정성이 느껴져서 고마웠다.

유년기의 어떤 추운 겨울날에, 외따로 떨어진 곳에서 살다가 어른 등에 업혀서 벽촌의 큰 마을로 이사 가던 날의 기억이 어렴풋한, 하나밖에 없는 내 여동생이다. 그동안 자주 만나지는 못했고 일 년에 한두 번 볼까 말까 하며 지내 왔다. 여동생은 내일 둘째 아이가 첫 휴가를 나온다고 했다. 그래서 그런지 기분이 좋아 보였다.

매제와 마주 앉아 이런저런 얘기를 하며 식사했다. 여동생은 일어서는 나에게 귀한 송이버섯 하나를 싸서 건네주었다. 두 개가 있었는데, "나머지 하나는 내일 우리 아들 휴가 나오면 주려고 그래요"라고 했다.

여동생 집에서 가까운 터미널로 가서 버스를 탔다. 내가 탄 차는 곧 고속도로로 들어서서 서울을 향했다. 좀 더 지나자 북쪽을 턱 가로막고 우뚝한 소백산이 한눈에 들어 왔다. 산정 근처 소백산 천문대 건물이 햇볕에 반짝거렸다. 2년 전 겨울 그곳을 거쳐 연화봉까지 올랐었다. 내가 찾았던 그 날의 소백산은 순백의 세상이었다.

나는 상경하는 동안 비발디 '사계' 중 '가을'을 계속 반복해서 들었다. 창문 밖의 풍경은 모두가 가을로 달려가고 있었다. 고등학교를 졸업하고 부지불식간 찾아왔다 사라진 30번의 모든 무심한 가을들도, 내 눈앞에 펼쳐지고 있는 가을과 다르지 않게 느껴졌다.

2015. 10.

참새와 봉황

　요즘 내가 유일하게 하는 게임이 바둑이다. 그래서 퇴근길 전철에서 스마트폰으로 사활 문제를 붙들고 있을 때가 많다. 두 달 전에 모 인터넷 바둑 사이트에 유료 회원으로 가입해, 거기서 제공하는 초급 사활 1,500 문제를 다 풀었다. 지금은 중급 650 문제를 풀고 있으나 바둑 실력은 아직도 대략 초급 수준이다. 그 정도 사활 문제만 다 풀었다고 바둑 실력이 초급을 넘어 중급 단계가 되었다고 할 수는 없으므로.

　사활 문제를 풀다가, 잘 풀리면 기분이 좋고 안 풀리면 기분이 나빠진다. 이것도 그날의 컨디션에 따라 다른지, 어떤 날은 손을 대는 문제마다 잘 풀리지만, 또 어떤 날은 풀어 보려는 거의 모든 문제가 안 풀린다. 내 돌을 이렇게 놓으면 상대방 돌이 어떻게 나올지를 잘 따져보고, 수순에도 늘 유의하면서 신중하게 풀어야 되는데, 성급하게 달려들면 잘 안 되는 경우가 많다. 안 풀리던 문제를 다음날 다시 보면 잘 풀리기도 한다.

　요즘은 몇 문제 풀다가 안 되면 컨디션 난조를 인정하고 그날은 그만둔다. 오늘이 그런 날이다. 그래도 다음날이 되면 희망을 가지고 사활 문제 풀이를 또 시도한다. 무슨 희망을 말함이냐 하면, 바둑 실력을 키우려는 건 솔직히 부차적인 것이고, 바둑의 묘미를 조금이라도 더 맛보고 싶은 것이 주된 희망이다. 참새가 바둑의 묘미까지 얘기를 하니, 봉황 같은 바둑 고수들이 들으면 웃을 일이다. 그만 웃겨야겠나.

2015. 10. 5.

산.꽃.별.

　최근 나 개인의 소장용 사진집을 전문 업체의 도움을 받아 만들었다. 제목을 〈산.꽃.별.〉이라고 붙였는데, 사진집의 앞 부분에 다음과 같은 머리말도 적어놓았다.

　2012년 10월에, 북쪽으로 산이 보이는 창가로 사무실의 자리를 옮겼다. 산이 좀 멀기는 했으나 바라보기에 좋았다. 나는 가끔 고개를 들어 산을 보면서 머리를 식히곤 했다. 서울에서 이십오 년 이상을 살았지만, 그 산들이 북한산과 도봉산이라는 것을 몰랐다. 그러다가 부지불식간 산이 좋아졌고, 산에 자꾸만 다가가고 싶어졌다.

　반년 정도 주말마다 북한산을 다녔다. 그 후, 국내 명산을 반년 정도 찾았다. 계룡산, 대둔산, 월출산, 남해 금산, 지리산, 설악산, 가야산, 소백산 등....... 이 산 저 산 가릴 것 없이 다 보기에 좋았다.

　재작년 연말 무렵, 사무실이 강남에서 강북으로 옮겨 왔다. 강남에 사는 나는 출퇴근 길에 자주 남산을 찾았는데, 작년 한 해 동안 타워를 경유해서 남산을 140여 회 오르내렸다.

여기의 사진들은 모두 그 과정에서 내가 직접 찍은 것들이다.

2015. 10. 7.

한화 야구와 희로애락

한화가 올해 정규 시즌을 6위로 마쳤다. 시원섭섭하다는 말은 이런 때 써야 하나 보다. 시즌이 진행되던 지난 6개월간, 나는 한화 야구를 보며 참 많은 걸 느꼈다. 내가 관심이 있어 스스로 다가가니, 야구의 세계에서도 세상의 다른 일이 그러하듯이 그것이 만들어 내는 희로애락은 차고 넘쳤다.

경기에 이기거나 좋은 경기를 볼 수 있을 때 기쁨과 즐거움이 있었다면, 반대의 경우엔 화가 나거나 마음이 편치 않았다. 야구로 인한 희로애락은 한화 야구가 내 곁에 머물러 있을 때에 유효한 것이었고, 과거처럼 멀리 떨어져 있을 때는 느낄 수가 없는 것이었다.

한화 야구가 나에게 기쁨과 즐거움만 주는 야구를 했다면 더할 나위가 없었겠으나, 화나고 마음 편치 않게 한 것도 비슷한 비율로 있었다. 한화 야구가 내 곁에 머무르게 하면서, 그것이 가져다주는 기쁨과 즐거움만 가려서 가질 수는 없는 일이었다. 동전의 앞뒷면처럼 화나고 마음 불편한 것도 받아들여야 했다. 그랬으니 한화 야구가 내 감성의 이쪽저쪽을 골고루 풍부하게 하는 데 어지간히 기여했다고 봐야 한다.

정규 시즌이 끝나자, 인터넷에서는 이번 시즌의 한화 야구에 대해 이런저런 논평을 하는 내용이 홍수처럼 밀려 나오고 있다. 할 만한 말은 하고, 들을 만한 말은 들어야 한다.

잘했든 못했든, 선수단 모두 그동안 수고 많았다. 내년에는 '로'와 '애'보다는 '회'와 '라'을 더 많이 가져다주는 꿈과 희망의 한화 야구를 기대해 본다.

2015. 10.

나훈아, 모정의 세월

지난 주말 고교 졸업 30주년 사은회 때, 담임 선생님이 선곡해서 무대에서 노래한 '모정의 세월'을 다시 들어 보았다. 주연 아닌 조연이면서도 무대 체질이 아니어서 그날 많이 쑥스러웠다. 그러다 보니 노래 자체에는 몰입할 수가 없었다. 그래서 오늘 밤 퇴근 후 차분한 마음으로 다시 들어 본 것이다. 찬찬히 들어 보니 가사도 좋고 곡조도 좋다.

인터넷을 통해 접할 수 있는 '모정의 세월' 노래 중 나훈아의 것이 그중 제일 나아 보였다. 그는 대가답게 이 노래도 노래 자체를 손아귀에 완전히 장악하고 노래한다. 다만, 자연스럽게 들리도록 기교를 조금만 줄여서 노래했으면 어떨까 하는 개인적인 생각도 있기는 했다. 그렇게 하면 '나훈아다움'이 사라지는 치명적인 문제가 있겠다는 생각도 동시에 하기는 했지만. 결국, 나훈아가 모정의 세월을 가장 그답게 노래하자면 지금처럼 부르는 게 최상일 수밖에 없는가.

노래는 노래이고, 그날은 노래하면서도 엄마 생각을 할 여유가 없었는데 오늘 들으며 엄마 생각이 많이 났다. 특히, "정성으로 기른 자식 모두들 가 버려도 근심으로 얼룩지는 모정의 세월"이라는 부분을 듣고 있을 때 더 그랬다. 엄마 5주기가 다가오고 있다.

코니 탤벗, I Have A Dream

올드 팝송을 가끔 듣는다. 오늘 아침 양재역으로 걸어가며 이런저런 노래를 듣는데, 그 중 아바의 'I have a dream'에 더 끌렸다. 끌리는 노래는 그날 기분에 따라 다르다. 이 노래는 내 전화기 통화 연결음이기도 하다. 가사와 곡조가 쉬워 따라 하기도 쉽다. 가사의 내용이 긍정적이고 희망적인데, 듣다 보면 뭔가 부드러운 것이 내면으로 내려와 앉는 듯한 편안한 느낌이 있다.

아바가 노래하는 것도 좋지만, 내 경우에는 코니 탤벗이 노래하는 게 더 좋다. 쉽게 접할 수 있는 건, 코니 탤벗이 열 살도 채 되지 않은 때에 노래한 것이다. 앞니 빠진 은발의 어린 코니 탤벗이 체크 무늬 윗옷, 까만 멜빵 치마, 보라색 스타킹을 예쁘게 차려입고 빨간 장난감 차 위에 앉아 노래한다. 목마를 타기도 하고 칼을 든 마네킹 기사도 등장한다. 동화 속 분위기에서 노래를 하는 것인데, 그런 만큼 아이의 순수함은 그 속에서 더 크게 노래된다.

2015. 10. 9

가을 소나기, 안개구름

　흔치 않은 가을 소나기가 오전에 한차례 세차게 내렸다. 그런 다음 밖에 나가 보았다. 멀리 산 위로 저녁 연기 같은 구름이 떠오르는 모습이 보였다. 구름은 멀리서 뿐만 아니라 가까이에서도 아래에서 위로 아주 천천히 솟아올랐다. 계속 보고 있으니 점점 더 많이, 그리고 정말로 연기같이 떠올랐다. 사람들이 모여 사는 곳 바로 위였다. 저것이 비 온 뒤에 있을 수 있다는 안개구름(하층운)인가, 아니면 실제로 불이 나서 연기가 올라가고 있는 것인가. 나는 그 자리에서는 어느 쪽도 확신할 수가 없었지만, 왜 그런지는 궁금했다. 그래서 조금 더 가까이 다가가 보기로 했다.

　다가가 보니 그것은 안개구름이었다. 조금 전에 연기같이 솟아오르던 지점의 바로 아래 건물들에서는 화재의 낌새가 조금도 없었다. 나는 그저 웃으며 내가 원래 있던 곳으로 돌아왔다. 비 온 뒤라 그런지, 밖은 뜻밖에 퍽 쌀쌀하였다. 안개구름은 계속 솟아오르고 있었다.

　안개와 구름의 차이를 찾아보았더니 이렇게 되어있었다. '안개와 구름의 성분은 수증기가 응결된 작은 물방울로 같다. 안개는 지면에 닿아 있으나, 구름은 지면에 닿아 있지 않다.'

2015. 10. 10.

조용필, 킬리만자로의 표범

조용필의 '킬리만자로의 표범'. 노랫말과 곡조에서 투혼 같은 게 느껴지는 노래다. 만만치 않은 현실을 우회하지 않고 정면에서 부딪치고 견뎌내면서, 결국 인생에서 의미 있는 그 무엇인가를 성취하고자 하는 결기 같은 것이 떠오른다는 의미다.

가사에 나오는 '눈 덮인 킬리만자로'가 연상되긴 하지만 날씨와 직접적인 관계는 없는 노래다. 하지만 해마다 날씨가 쌀쌀해지기 시작하면 그동안 풀려있던 마음 자세부터 저절로 다잡게 되는데, 그 무렵마다 이 노래가 특별히 더 생각이 난다. 오늘 낮에 소나기가 뿌린 뒤부터는 날씨가 더 쌀쌀해졌다. 설악산에는 오늘 벌써 첫눈 소식.

1986년에 양인자가 가사를 쓰고 김희갑이 곡을 쓴 이 노래는 조용필이 의뢰해서 받아 부른 노래로 알려져 있다. 그의 8집 앨범 타이틀 곡으로, 당시 사상 초유의 긴 노래였음에도 불구하고 빅 히트를 쳐서 밀리언셀러를 기록했다. 언젠가 양인자는 자신이 작사한 수백 곡 중에서 이 노래에 가장 큰 애정이 있다고 하였고, 배우 최민수는 한계령을 넘다가 처음 듣는 이 노래가 흘러나오자 감동을 받아서 차를 멈추었다는 일화가 알려져 있기도 하다.

오늘 집으로 오는 버스를 기다릴 때 '킬리만자로의 표범' 노래가 생각나길래, 차를 타고 몇 차례 들어 보았다. 지금은 덜하지만, 전에는 회사에서 회식이라도 하면 으레 노래방을 갔다. 거기서 내가 자주 부른 노래가 몇 가지 있었는데 그중 하나가 이 '킬리만자로의 표범'이었다. 처음에 몇 번 부른 결과, 청중의 입장에서 못 들어 줄 정도는 아니었는지, 나는 타의 반 자의 반 늘 이 노래를 부르게 되었다.

2015. 10. 10

에베레스트, 이중 얼굴

오후에 종로3가 서울극장에서 영화 '에베레스트'를 보았다. 주인공으로 나오는 등반대장 '롭 홀(제이슨 클락)'과 그의 아내 '잰 홀(키이라 나이틀리)'이 영화의 처음과 마지막 장면에 나온다. 처음에는 재회를 약속하는 작별을 하지만, 마지막 부분에서는 재회를 말할 수 없는 작별을 한다. 하산 중 눈 폭풍에 조난을 당한 '롭 홀'은 베이스캠프에서 무전기에 전화기를 대 주는 방법으로 겨우 만삭의 아내와 통화한다. 그리고 아내의 간절한 바람에도 불구하고 그는 결국 눈 속에서 죽어 갔다.

1996년 에베레스트 상업등반대의 조난 실화를 영화화 한 것으로, 정상에 갔다가 하산 중 거대한 눈 폭풍으로 12명 중 8명이 사망한 이야기다. 특별한 재미는 없으나, 재미의 기준으로 볼 영화는 아니다.

수시로 스크린을 통해 보이는 에베레스트의 모습은 아름다움과 광포함의 이중 얼굴을 가지고 있었다. 맑고 바람이 잦아든 날의 에베레스트는 지상에서 가장 아름다운 모습이었으나, 거기에는 가장 사납고 거친 모습이 감추어져 있었다. 아름다움은 언제까지나 아름다움으로 머물러 있지 않으면서 늘 거칠음으로 향해 갔고, 늘 거칠 것만 같던 산도 어느 순간 순한 양의 얼굴로 되돌아왔다.

2015. 10. 11.

꿈의 대화, 찡하도록 아름다운

1980년 대학가요제에서 이범용과 한명훈이 불러서 대상을 받은 '꿈의 대화'를 좋아한다. 가사와 곡의 내용이 좋으면서도, 통기타와 하모니카의 상응相應이 귀를 즐겁게 해 주니 더 좋다.

전체적인 노래의 시간적인 배경은 어두워지는 석양과 어두운 밤이지만, 도드라지게 강조하는 노래의 내용으로 그 모든 어둠을 물리쳐낸다. 너와 나, 우리가 서로 함께하는 꿈의 세상을 만들겠다고 그냥 일방적으로 선언하는 것이 아닌, 두 손을 마주 잡고 만들자고 하고, 외로움과 서러움이 없는 꿈을 함께 나누자고 제안한다.

노래방에서 이 노래를 백 번 정도는 부른 것 같다. 많이 부르고 많이 듣다 보니 이제는 이 노래의 전주 부분만 어디서 들려와도 반갑고, 어떤 경우 찡할 때도 있다. 적어도 이 노래를 부르거나 들을 때만큼은 세상이 아름다워 보여서 그럴지도 모르겠다. 왜 안 그렇겠는가. 현실을 초월한 꿈의 노래인데. 그럼 이 노래를 접하지 않을 때의 현실의 세상은 아름답기는커녕, 그리 호락호락하지 않다는 얘기인가.

2015. 10. 12.

가수 미기, 아름다운 기운

출근길 전철에서 우연히 가수 미기가 노래하는 장면을 처음으로 보았다.

인터넷에서 미기는 꽤 인기가 있나 보다. 내가 보니, 인기가 있을 만도 하다. 우선 가창력이 있다. 성량과 음감이 다 좋아 보인다. 거기다 찡그린 사람의 인상이라도 펴주게 할 만한 밝음. 그리고 적극적이고 아주 자연스러운 몸동작까지. 이 모든 게 자기의 노래를 듣고 보는 사람에 대한 배려로 보인다. 자기가 부르는 노래를 듣고 보는 사람 모두가 행복해지도록 원顯을 세운 사람의 모습이다.

인터넷에서 미기 팬카페라는 문패를 보고 들어가 보니, 거기에 그녀의 간단한 소개가 나와 있다. 미기는 아름다운 기운이라는 뜻. 음악을 통해 모든 이들에게 아름답고 좋은 기운을 드리고 싶은 행복 지향 뮤지션. 작사, 작곡, 노래, 뮤지컬 출연, 뮤지컬 작곡 및 음악 감독, 보컬 트레이너 등. 이렇게 되어 있고 마지막에는 감사, 성실, 정직, 긍정, 열심을 적어놓았다.

소개한 내용이, 내가 본 첫인상과 별로 다르지 않다. 더 인기가 높아져도 마지막에 적어놓은 5가지는 그녀가 언제까지나 변함없이 간직했으면 하는 마음이다. 나날이 발전하기를.

2015. 10. 13.

모란동백, 고단한 날의 위무

이제하의『나그네는 길에서도 쉬지 않는다』. 나는 이 소설을 1985년 이상문학상 수상작이 된 후 바로 읽어 보았는데, 무슨 얘기를 하는 것인지 잘 몰랐다. 제목은 또 뭔 소린지. 전체적인 분위기도 좋게 느껴지진 않았다. 시간이 지났다. 29년이 흐른 작년 어느 날, 나그네 소설이 생각났다. 나는 공공도서관에서 이 소설을 찾아 다시 정독해 보았다. 어려운 정도는 전보다 덜했지만, 여전히 어려웠다. 하지만 이번엔 어려운 이유가 짐작이 되었다. 애초부터 작가의 의도가 아닌가 하는 짐작. 그리고 소설의 분위기도 과히 나쁘게 느껴지지 않았다.

사실 이제하 소설을 화제 삼고자 했던 건 아니고, 그가 만든 노래를 얘기하려고 했다. 어느 날 나는 조영남이 티브이에 나와서 '모란동백'을 노래하는 것을 보았는데, 노래가 참 좋았다. 그러다, '모란동백'은 이제하가 만든 노래라는 것을 알게 되었고, 찾아보니 그가 노래한 음반도 있었다. 나는 얼른 이제하의 '모란동백'도 구해 들어 보았다. 조영남이 프로 가수답게 매우 세련된 '모란동백'을 부른다면, 이제하는 덜 세련되었지만 더 큰 울림이 있는 노래를 했다.

나는 조영남이든 이제하든 '모란동백'을 부를 때면 다 좋다. 조영남은 조영남대로 좋고 이제하는 이제하대로 좋다. 밤이 되어 집으로 돌아갈 때 듣는 '모란동백'은 그중에 더 좋다. 아침부터 저녁까지 쌓인 고단함을 조금이나마 위무받는 느낌이어서 그렇다. 살다 보면 유난히 힘든 날이 있다. 그런 날에 어둠이 찾아오면, 나는 집으로 돌아가며 '모란동백'을 듣는다. 술 한잔이 되어 '모란동백'을 듣는 경우도 많다.

2015. 10. 15.

지리산 천왕봉, 달의 이주

서울에서 자정 무렵 출발하는 버스를 타고 내려가 내가 처음 지리산에 발을 들여놓던 날, 중산리 탐방센터에서 환경교육원 입구까지, 포장된 3㎞ 오르막길을 달빛 아래 걸었다. 2년 전 이맘때였고 입산을 허락하는 새벽 4시를 막 넘긴 시간이었다. 한 무리의 와자지껄한 단체 산행객이 앞서간 뒤로 인적도 끊겼다. 달빛은 요요하였고 주위는 적막하였다.

서쪽으로 산을 오르는 내 등 뒤로 마침내 아침 해가 솟았고, 산 위로 갈수록 단풍은 더욱 붉었다. 로타리 대피소에서 충분한 휴식 후 법계사를 지나 천왕봉으로 향해 갈 때에 운무가 자욱하였다. 이리저리 떠다니던 운무에 서서히 덮여 가던 지리산은, 정상부근에서는 마침내 운무에 완전히 점령 당하고 운무에 풍덩 빠진 모습이었다.

오르막 너덜길을 오르고 또 오른 끝에 드디어 고도 1,915m 천왕봉 정상에 섰다. 헉헉대며 정상에 올라온 많은 사람들이 바람과 운무와 추위 속에서도 안도의 숨을 몰아쉬었는데, 찡그린 사람은 찾아볼 수 없었다. 운무가 걷혔으면 보았을 천왕봉 정상 아래의 풍경을 굽어볼 수 없어서, 그것이 아쉬웠다.

천천히 되돌아 내려와 서울의 집앞에 돌아오니, 그날 새벽 지리산에서 나를 배웅해 주던 달은 만월이 되어 머리 위에서 비치고 있었다. 자정 무렵이었다.

2015. 10. 16.

설악산 대청봉, 신선 구름

이년 전, 등산 초보였음에도 나는 남들이 좋다는 산이나 이름난 산에는 꼭 가 보고 싶었다. 그것도 꼭 정상을 밟고 싶었다. 그래서 주말마다 이 산 저 산의 정상을 오르내렸다. 그 이전에 북한산 정도나 다녔으니, 여기저기 닿는 곳은 당연히 초행이었다.

지리산 천왕봉에 오르기 2주 전, 나는 설악산 대청봉 도전에 나섰다. 코스는 한계령에서 서북 능선을 따라 끝청을 거쳐 대청봉 정상을 밟고 오색으로 하산하는 경로였는데, 13㎞ 정도 거리였다.

아침에 동서울터미널에서 버스를 타고 한계령의 등산로 입구에 내려설 때만 해도, 나는 그날의 설악산을 그저 편하게 다니던 북한산 정도로 생각했었다. 하지만 대청봉으로 가는 길은 그리 만만치가 않았다. 온 산의 단풍과 절세의 풍경을 보며 찍으며 하느라고 거북 산행이 되었고, 늘어진 산행 시간은 내 몸을 고단하게 했다. 마침내 대청봉 정상 아래의 중청 대피소가 나타났을 때, 나는 반가운 마음에 감개무량함을 느꼈다.

대청봉 정상에 올라 보니 멀리 속초는 신선이 타고 다닐 듯한 평퍼짐한 구름에 가려 잘 보이지 않았으나, 더 먼 곳 동해는 잘 보였다.

기울어 가는 해는 가까운 공룡능선이나 울산바위의 하얀 암봉들을 붉그레하게 비추고 있었다.

　대청봉 정상에서 이젠 내려가야지 하는 생각을 했을 때는, 이미 좀 늦은 시간이었다. 나는 대청봉 정상에서 오색까지 5㎞ 된비알 하산길 생각을 좀 더 했어야 했다. 내려가도 또 내려가도 끝나지 않을 것 같던 그 날의 하산길. 지금도 잊혀지지 않는다. 헤드 랜턴을 켜고 겨우 내려와 택시를 타고 속초로 이동, 심야버스로 귀경했다.

2015. 10. 17.

월출산 천황봉, 영암 아리랑

2013년 11월 16일. 내가 월출산에 다녀온 날이다. 자정을 조금 지나 서울을 출발하여 광주로 가서 영암 가는 버스로 갈아탔다. 영암 도착 후 천황사 아래까지 가서 산행이 시작되었다. 구름다리를 거쳐 천황봉에 올랐다가, 억새밭을 지나 서쪽의 도갑사로 내려오는 종주 코스였다.

오르내리는 횟수가 많은 편이어서 예상보다 힘들었으나, 풍경은 아주 볼만하였다. 내가 금강산이야 가본 적이 없으니 알 수가 없지만, 아마도 금강산이 이런가 보다, 생각하였다. 사람들이 월출산도 소금강小金剛이다, 라고 해서가 아니라, 월출산을 찾아가서 내 눈으로 둘러보니 월출산을 왜 소금강이라고 하는지 알 것 같았다. 내가 본 월출산은, 바위 봉우리들이 위용과 수려함 둘 다를 갖추었고, 보석처럼 반짝이는 아기자기한 풍경도 즐비하였다.

그날 천황봉을 많은 사람들이 찾았다. 그 많은 사람들이 정상에서 산 아래를 내려다보며 둘러 앉아, 환한 얼굴로 밥을 먹는 풍경이 보기에 좋았다. 나는 달이 뜬 천황봉의 사람들을 떠올려 보면서, 월출산의 유래를 생각해 보았다. 달은 그곳 월출산에만 떠오르는 게 아니고 이 세상 모든 산 위로 공평하고 차별 없이 떠오르는 것이거늘, 왜 하필 월출산月出山이라는 이름을 가지게 되었을까. 월출산에 달이 뜬 풍경이 제일이어서일까. 나는 그 이유를 알 수 없었다.

가수 하춘화는 그녀가 아직 10대의 나이이던 지난 1970년대 초에, 그녀의 고향인 영암을 노래한 '영암 아리랑'을 불러서 크게 히트시켰다. 그녀는 '꺾었다 펴고 당겼다 놓는' 창법으로 이 노래의 분위기를 더욱 고조시키는데, 삶에 고단한 사람들의 지친 마음을 어루만져 주는 듯한 흥겨운 가사와 노랫가락까지 더해져서 듣기에 아주 좋다. 월출산을 종주하고 돌아오는 버스 안에서, 월출산에 보름달이 둥실 떠 있는 그림 같은 풍경을 노래한 그녀의 이 노래가 생각나서 스마트폰 조회로 그녀가 부르는 '영암 아리랑'을 자세히 들어 보았더니 그랬다.

늦은 밤 귀가해서 씻고 돌아서니, 천둥까지 동반한 빗소리가 밖으로부터 들려왔다. 그날, 나의 몸은 월출산에서 돌아와 빗소리를 들으며 누웠으나, 월출산의 수려한 산세는 아삼삼하기만 하였다.

2015. 10. 18.

깊어 가는 가을에

늦은 아침, 9일 만에 다시 양재천으로 갔다. 늘 다니던 길. 그러나 9일이 더 지난 가을의 시간은, 그 이전의 시간 위에 머물던 양재천의 가을을 모조리 버려 버리고 오늘만의 새로운 가을을 한꺼번에 내보이고 있었다. 들풀과 온갖 나무들, 그리고 미세한 공기의 기운까지도.

자전거 타는 사람들, 천천히 또는 빠른 걸음으로 걸어가는 사람들. 모두 무심히 가고 오고 하였다. 양재천 둑에 서면 왼쪽으로 잘 보이던 관악산이, 오늘은 얇고 하얀 천막에 가려진 모습으로 희미하였다. 수변 무대 관람석에 떼 지어 있곤 하던 비둘기들은 무대와 다리 위로 흩어져서 먹이를 찾고 있었다.

이 세상 그 어떤 것보다 힘센 시간과 함께 가을이 지나가고 있었다. 다시 9일의 시간이 지난 후라도, 그때에도 가을은 여전히 시간의 등에 업혀서 전혀 새로운 가을로 바뀌어 있을 것이다.

2015. 10. 18.

양재천 가을밤 스케치

해는 지고, 동쪽으로 흐르는 개울이 노랗고 긴 등불을 흔드는데, 몇 무리 사람들이 개울가에 머문다. 달도 기울어, 서쪽으로 흐르는 초승달이 검은 가을 나무 위로 어렴풋한데, 구름이 하늘가에 머문다.

물소리는 사람들의 이야기를 삼키고, 구름은 초승달을 지운다. 물소리야 구름이야 사라지는 것. 개울을 건너던 나그네가, 길을 멈춰 소용없는 풍경화를 그린다.

2015. 10. 18.

해와달

인터넷 등에서 실명 아닌 별칭을 쓸 때 '해와달'을 자주 써 왔다. 뜻은 sun and moon.

'해와 달'이라고 띄어 써야 되지만, 붙여서 '해와달'이라고 쓴다. 띄어 쓰면 내 성姓은 '해와'이고 이름이 '달'이지만, 붙여 쓰니 성은 '해'이고 이름이 '와달'이 되어 버렸다. (이건 웃자고 하는 소리다.)

십수 년 전부터 무심코 써오는 것이긴 하지만, 돌이켜 보니 '해와달'은 내 무의식 속에서 늘 나와 함께 있었던 듯하다.

성姓이란 가계家系의 이름이니, 내 성의 자리에 '해'를 끌어온 것도 그럴듯하긴 하다. 나를 포함한 수십 억 명의 인류가 살아가는 터전인 지구가 태양계에 속해 있고, 태양은 지구상 모든 생명체의 생사 여탈권을 갖고 있을 만큼 아주 강력한 힘을 지녔으므로 '해'의 가계라는 것.

달은 뭔가. 해는 너무 센 존재라 바라보기도 어렵지만, 달은 외관상 해와 비슷한 크기면서도 언제나 바라볼 수 있는 천체다. 해처럼 강력하지는 않아도, 우주와 생의 오묘함에 대한 내 명상의 벗으로는 오히려 달이 낫다. 나는 밤마다 허공에 무심하게 걸리는 달을 볼 때마다 무한한 경이감을 느낀다. 그 경이감은 늘 내 생명의 신비감으로 연결되고, 내 오감으로 체득되는 이 세상 모든 것들의 신비감과 소중함도 함께 생각하게 된다. 그래서 해에 달이 와서 붙은 것이다.

'해와달'은 내가 평생을 두고 가슴 속에 끌어안고 살아가는, 바라보기에 적당한 크기를 가진 내 삶의 화두다. 나에게는, 우주와 생의 신비에 대한 화두가 곧 '해와달'인 것이고, 어떤 면에서는 종교와 같은 것인지도 모른다.

2015. 10. 21.

누가 이 사람을 모르시나요

나에게는 누나가 없다. 있었는데 지금 없는 게 아니라 원래 없다. 누나가 없으니 누나 있는 사람이 부러워서, 누나가 '있었으면 좋겠다' 고 생각한 때가 많았다. 이때의 '좋겠다'는 그냥 단순한 바람이다.

그런데 원래 있었으나 지금은 있는지 없는지 알 수 없는 사람이거나, 지금 어딘가에 살아 있을 것으로 짐작할 수 있는 사람을 '만났으면 좋겠다'고 할 때의 '좋겠다'는 단순한 바람이 아니다. 한이 될 가능성이 있는 바람이다. 그 대상이 부모 자식이나 형제자매 같은 혈육이었을 때는 더 그렇다. 지옥 같았을 전쟁과 그보다 못하지 않았을 고난의 시기를 거치며, 쌓이고 또 쌓인 바람이었을 것이니 쉽게 사라지는 바람은 아니었을 것이다.

오늘 금강산에서 1차 이산가족 상봉을 마친 사람들이 돌아왔다. 무려 65년 동안 간직했던 바람의 꿈을 이루고 다시 이별을 했다. '살아생전 단 한 번만이라도'의 간절했던 만남의 바람은, 이제 기약 없는 재회의 바람으로 바뀌었다. 그 생이별의 마음을 당사자가 아니면서 어떻게 헤아릴 수 있을까.

 1983년, 수 개월간이나 전국을 눈물짓게 했던 이산가족 찾기 주제
가였던 '누가 이 사람을 모르시나요'를 오늘 여러 번 들었다.

2015. 10. 22.

모차르트, 맑고 밝은

지금은 그만두었으나, 1년 전에는 남산을 걸어 넘는 출근을 자주 했었다. 남산을 걸어 넘는 출근 때는 당연히 일찍 집을 나섰는데, 그런 날 새벽에 집을 나서며 나는 거의 모차르트 음악을 들었다.

대개 맑고 밝은 모차르트 음악이 나의 아침을 상쾌하게 해 주었기 때문이었다. 모차르트 음악을 누가 나에게 추천한 것도 아니고, 따로 공부한 것도 아니었다. 그저 이것저것 걸리는 대로 들어 보니, 저절로 내 마음이 가는 곳을 따라 모차르트가 선택되었다.

어제 오후 엄마 봉제사 차 회사에 휴가를 내고 시골에 내려갔다가 오늘 새벽 첫차로 귀경하며, 그때 그 새벽들의 모차르트가 생각나 다시 들어 보았다. 여전히 모차르트는 맑고 밝은 표정으로 나에게 달려왔다. 아름다운 음악을 후세에 남긴 예술가의 특권이 이런 것이려니, 생각했다. 자기의 작품을, 시공을 초월해서 수많은 사람들에게 들려줄 수 있는 특권.

어떤 이는 "모차르트의 피아노 소나타가 인간의 순수한 감정을 가장 솔직하게 표현한 음악"이라고 한다. 나는, 모차르트가 정말로 인간의 순수한 감정을 '가장' 솔직하게 표현했는지 여부는 확신할 수 없다. 그러나 모차르트 음악을 들으며 내가 느낀 맑음과 밝음이 인간의 순수한 감정이라는 것은 확신을 하고 있다.

2015. 10. 23

남해 금산, 이성복

'남해 금산'이라는 시가 있다. 이성복(1952~)이 쓴 것인데, 남해 금산을 소개하는 글에 많이 등장한다. 이 시를 누구는 100번을 읽어 보았다고 하였다. 나는 호기심에 한두 번 읽어 보았는데 이해가 잘 안 되었고, 누구처럼 100번을 읽어도 이해가 안 되기는 마찬가지일 것 같았다. 그래서 남해 금산이 볼만하다는 소문도 있고 해서, 현장을 직접 가 보기로 했다. 때는 2년 전 11월 초였는데, 서울에서 먼 곳이라서 금요일 밤에 출발하는 무박 산행 일정으로 다녀왔다.

듣던 대로 남해 금산의 풍경은 볼만하였다. 이편 봉우리에서 맞은편 봉우리를 볼 때의 풍경은 볼만하였고, 그쪽으로 건너가서 다시 이편의 봉우리를 볼 때의 그 풍경 또한 볼만하였다. 산을 오르며, 그리고 산에 올라 이곳저곳에서 바라본 남해 다도해의 풍경 역시 볼만하였다.

보리암 산신각에서 본 바다에 점점이 박힌 남해의 수많은 섬들은, 여느 산의 정상에서 먼 데로 늘어서 있는 산물결과 닮아 보였다. 하기야 대양의 바닷물을 다 빼면은 섬은 그대로 산이 되는 게 아닌가, 하는 생각을 해 보았다.

하산 후, 산 아래의 19번 국도변에서 올려다본 남해 금산은, 내가 그 어디서도 본 적이 없는 천상의 요새처럼 보여서 장관이었다.

2년 전 남해 금산에 가서, 상사암을 직접 올라 보았고 그곳의 전설도 알게 되었다. 그러나 나는 2년이 지난 지금도 이성복의 시 '남해 금산'이 어렵기만 하다.

2015. 10. 23

아침고요수목원, 가을과 함께

　정말 오랜만에 경춘선을 탔더니, 가을의 주말을 교외에서 보내려는 사람들로 넘쳐 났다. 만원의 전철 안에서 말들은 동시다발로 봇물 터진 것처럼 쏟아져 나왔고, 소풍 가는 아이들처럼 사람들의 표정들이 밝아 보였다.

　나는 가을 속으로 조용히 걸어 들어가서, 가을과 직접 얘기를 해 보고 싶었다. 미세 먼지는 물러갔고, 아침 일찍 잠깐의 한줄기 비 외에는 청명한 날이었다.

　가을은 본래 스스로 사기를 아름답다고 뽐내지 않으니, 사람들은 모두 제멋으로 가을에게 애정 공세를 보내고 있었다. 나도 어쩔 수 없는 사람이어서 다를 바가 없었다.

　오늘 목적지였던 가평 아침고요수목원에서 나는, 많은 나무와, 많은 꽃과, 많은 사람들과 함께 가을의 시간을 같이했다. 가을의 시간을 채집하는 데 사용한 카메라의 배터리가 거의 다 소모될 정도로, 나는 많은 사진을 찍었다.

　돌아오는 길에는 처음으로 ITX 청춘 열차를 탔다. 자리가 없어 입석이었으나 빨라서 서울에 일찍 닿았다.

2015. 10. 24.

관악산 남사면, 목탁 소리

오늘 산에서 만난 그 많은 사람들은 지금쯤 다 집으로 돌아갔을 것이다. 가을의 산이 아무리 좋아도 밤에 사람이 머물 곳은 못 되지 않는가. 나도 지금은 하산해서 집으로 가던 중, 집 앞 찻집에서 안심하고 편안하게 차 한잔을 마시고 있다.

이유를 대기는 어렵지만, 몸이 고단할수록 세상은 더 아름다워 보일 때가 있다. 오늘이 그런 날이다. 대개 하루 종일 산을 오르내리다, 해질 무렵이 되어 사람들이 모여 사는 마을로 다시 내려올 때 그런 느낌을 받곤 한다.

오늘도 나는, 깊어 가는 가을의 산속으로 스미듯 조용조용 들어가 보았다. 능선에서는 멀리 보이는 건너편 능선의 가을이 아름다웠고, 계곡에서는 가까이 보이는 가을이 아름다웠다. 능선에서든 계곡에서든 가을은 온몸으로 서로 조화하며 자기의 색깔을 마음껏 보여 주었는데, 그 모습을 바라보는 사람들도 가을의 마음을 닮고 싶으리라, 나는 나의 바람을 담아 그렇게 생각해 보고 싶었다. 나는 능선과 계곡 여기저기서 가을 산의 많은 사진을 찍었다.

마을로 내려오며 대피소 근처에 이르렀을 때, 그곳에서 염불하며 두드리는 어느 절 스님의 목탁 소리가, 저물어 집으로 돌아가는 사람들과 내 등 뒤에서 긴 여운을 남기며 산속으로 울려 퍼졌다.

2015. 10. 25.

소백산, 설국

　이년 전 연말, 동지를 하루 앞둔 주말에 나는 열차 편으로 소백산을 찾았었다. 고향이 이곳과 멀지 않은데도 소백산은 처음이었다.

　노벨문학상을 수상한 가와바타 야스나리가 『설국』 첫머리에서, "접경의 긴 터널을 빠져나오자 눈의 나라였다"고 한 것과 비슷하게, 그날 충북과 경북 접경의 긴 죽령터널(4.5㎞)을 빠져나가자 그곳은 온통 눈의 나라였다. 나는 희방사역에서 내려 차로 죽령휴게소까지 이동했다.

　등산로 초입부터 설국雪國이었다. 그리고 그 풍경은 온종일 계속되었다. 내린 눈도 많았지만 주위를 온통 하얀 세상으로 만든 눈꽃과 상고대는 가을, 봄, 여름에 피어나는 꽃과 비교해도 전혀 뒤지지 않는 장관이었다. 모든 길과, 나무와, 바위가 설국에 복속되었고, 그 엄청난 눈을 내린 하늘만이 홀로 새파랬다. 나로서는 생전 처음으로 보는 아주 특이한 풍경들의 연속이어서, 지금도 그때가 생생하다.

　그날, 고도 689m인 죽령에서 고도 1,383m인 연화봉까지 왕복 14㎞의 설국여행을 마치고 나서, 나는 버스를 타고 단양역으로 갔다. 역에서 귀경 열차를 맞으러 플랫폼으로 나서니, 짧은 날은 벌써 저물어 동지 팥죽의 새알심 같은 동그란 등불이 역 구내의 검은 어둠을 겨우 밝히고 있었다.

나, 이 세상

'나'와 '이 세상'을 당연한 것으로 보면 모두 당연하게 보인다. 나와 이 세상이 지금 여기에 있는 게 당연한 것이고, 나와 이 세상이 지금의 모습인 것도 당연한 것.

그러나 이렇게 당연하기만 한 것도 조금만 달리 생각하면 신비 아닌 것이 없다.

우선, 나. 나는 무엇인가. 지금, 나는 무엇인가, 라고 생각하고 있는 이 나는 무엇인가. 온갖 희로애락의 감정을 느끼고, 생로병사라는 철칙鐵則의 길을 걸어가고 있는 나. 남들 말고 바로 이 나. 나는 누구이며 무엇인가.

그리고 이 세상. 내가 있건 말건 그것은 하등의 상관도 없이, 만들어졌다 허물어지기를 무한반복하는, 허공과 힘센 시간의 지배를 받는 이 세상의 삼라만상은 또 무엇인가.

2015. 10. 30

把酒問月

11월

물향기수목원, 강주미

　어제 오전, 양재동 시민의 숲 앞에서 오산에 있는 물향기수목원으로 가는 광역버스를 타고 강주미의 바이올린 연주 장면을 보았다. 휘황한 연주를 보면서, 나는 그녀가 바이올린을 잡고 관통해 왔을 수많은 시간과, 생각과, 노고를 떠올려 보았다. 그녀의 바이올린에 빠져 있다 보니, 차는 1시간이 안 되어 수목원 입구에 도착했다.

　제법 쌀쌀한 날씨에도 사람들이 많았다. 입구 근처 넓은 터에서 백 명은 넘어 보이는 단복 입은 아이들이 소란스럽게 밥을 먹고 있었다. 한 아이에게 "어디서 왔느냐"고 물어 보니, 그 아이는 눈을 동그랗게 뜨고 "우린 컵 스카우트예요"라고 했다. 청설모가 큰 측백나무 줄기를 따라 이 나무와 저 나무를 바쁘게 오고 갔고, 호수 앞 따뜻한 곳에서는 아이들이 엄마 아빠에게 재롱을 부리고 있었다. 호숫가의 크고 작은 나무들은 하나같이 물그림자가 되어 호수 안에서도 자라나고 있었는데, 그 물그림자를 흔들며 물고기들이 떼를 지어 이리저리 오고 갔다.

　수많은 수목원 나무들 아래로는 이름표가 있었으나, 내가 아는 나무 이름은 거의 없었다. 나무가 자기 이름을 스스로 짓거나 자기의 조상이 지은 게 아니라, 전부 사람들이 지어준 이름일 텐데 그 이름이 그렇게 많음에 새삼 놀랐다.

비교적 자세히 이곳저곳을 둘러보느라, 해 질 무렵이 되어서야 사람들을 따라 수목원을 나왔다. 서울로 돌아오는 버스를 탈 무렵, 두산이 금년도 프로 야구 한국시리즈의 승자가 되었다는 소식을 접했다. 나들이객 차량이 많아서 차들은 가다 서다를 반복하며 지루하게 서울로 올라갔다. 내가 탄 버스는 전용 차로를 따라 시원하게 달렸다. 돌아오는 차에서도 나는 강주미의 연주 장면을 또 보았다.

2015. 11. 1

A Love Idea, 한강

살아가는 길에 어찌 기쁘고 즐거운 일만 생기겠는가. 반대의 일도 예상하지 못한 상황에서 내 의지와 관계없이 자꾸만 생겨난다. 때로 그 무게가 나 혼자 감당하기에는 버거움을 느끼지만, 다른 사람이 대신해 줄 수 없는 것일 때도 있다. 그럴 때는 어떻게 하든 극복해 내는 수밖에 없다.

언젠가 주말, 근심과 걱정이 내 마음을 떠나지 않고 있을 때, '근교 산에라도 가서 기분 전환해 보자' 싶어 소요산으로 가던 길. 전철이 압구정역을 통과하고 지하를 벗어나 막 한강을 건널 무렵 'A Love Idea'가 흘렀다. 늘 습관처럼 듣던 음악 중 하나였는데 그날따라 또 그 시간따라 유난히 다른 느낌으로 들렸다. 클래식 기타로 연주되는 곡인데, 기타가 한 번 두 번 튕겨질 때마다 마치 내 마음 속 돌멩이들이 하나둘 밖으로 내던져지는 느낌이었다. 비록 3분 정도로 짧게 연주되는 시간이었지만, 살아오며 있었던 이런저런 안락함의 일들도 한꺼번에 떠오르며 나를 안심시켰다.

이후로 기분이 좀 우울해서 떨쳐 버리고 싶을 때는 기타 연주곡 'A

Love Idea'를 자주 듣는다. 이 곡은 'Last Exit To Brooklyn'의 OST 이기도 하다. 그러나 나는 아직 영화를 보지 못했다. 영화의 내용은 편안하지 않다고 한다.

2015. 11. 1.

봄에, 상번병上番兵

사무실이 강남일 때의 봄날에, 내가 양재천 꽃길을 따라 일 나가고 집으로 들어오던 이야기다.

중생이 서로의 살을 비비며 살아가는 번잡한 도시에도, 해마다 봄은 상번병上番兵처럼 찾아왔다. 도시의 여기저기서 하얀 고층 건물보다 더 하얗게 피어나는 관상용 매화와 목련은, 다시 다가온 봄 속의 나도 하얀 마음이도록 했다.

나는 그런 봄의 공기가 좋았다. 봄날이면 나는 설렘에 일찍 일어나, 양재천 꽃길을 걸어 회사로 가는 일이 더 잦았다. 사무실까지 전체 5㎞ 중 2㎞ 정도가 쭉 뻗은 양재천 개울둑의 꽃길이었다. 봄이 되면 둑길 양쪽을 따라 개나리가 만개했고, 곧이어 그 길은 벚꽃으로 덮였다. 꽃길에서 나는, 아파트 숲 위로 솟아나는 해를 맞았다. 나는 그 기막힌 봄의 신비와 조화에 새삼 전율하곤 하였다.

일을 마친 나는, 아침의 그 길을 되돌아 집으로 왔다. 꽃은 어둠 속이거나 어렴풋한 등불 아래서, 자기들에게 주어진 유한한 생을 겨우 살아가는 듯 보였으나, 그것은 다만 내 생각이었다.

2015. 11. 4.

안양 홈 10연승, 아직 가을

 오늘 비 오는 가을날의 오후에 집을 나서 보니, 집 근처 학교의 인조 구장에서 사람들이 비를 맞으며 축구를 하고 있었다. 저 사람들은 축구가 정말 좋은가 보다, 싶었다. 학교의 앞길을 따라서는 절정으로 노란, 은행나무 가로수 행렬이 마치 공중으로 솟아올라 만개한 봄날의 개나리 군락지 같아 보였다.

 시민의 숲 단풍은 물론 aT센터 앞 화단의 꽃조차도, 바라보는 나를 보며 지금의 계절은 아직 가을이라고 일러 주었다.

 나는 버스를 타고 안양으로 농구를 보러 갔다. 7천 명 정도 수용한다는 체육관에는 5천 명 가량의 관중이 모인 듯했다. 경기 내내 박진감이 넘치고 일진일퇴하며 재미가 있었다. 고양의 애런 헤인즈는 KBL 외국인 통산 최다득점을 기록해, 잠시 경기가 중단되고 간단한 축하 의식이 있었다. 경기 외에도, 치어리더들이 틈날 때마다 흥을 돋웠다.

 결국 안양이 홈 10연승하며 1위 팀 고양을 여유 있게 이겼는데, 워낙 여유 있게 선두를 지키던 고양은 오늘 지고도 여전히 여유 있는 선두다. 홈팀의 연승에 안양 사람들은 신이 났고, 집으로 돌아가기

전 선수들을 붙잡고 사진에, 사인에 북새통이었다.

경기가 끝났을 때도 밖에는 아직 비가 내렸다. 돌아오는 차에서는 최헌의 '가을비 우산 속'과 함께 그의 다른 노래들도 들었다.

2015. 11. 7

최헌, 가을비 우산 속

오늘 농구 보러 안양에 갈 때 가을비가 내려서, 저절로 '가을비 우산 속'이 떠올랐다. 처음엔 이게 영화 제목인가, 생각했으나 그게 아니고 이미 고인이 된 최헌의 노래였다. 거기까지 기억이 복원되니, 관련된 이런저런 기억들이 고구마 줄기처럼 다 떠올랐다.

경기를 보고 돌아오며 최헌의 '가을비 우산 속'을 포함하여, 역시 가을 노래인 '오동잎' 등 그의 노래 몇 곡을 재생해 보았다. '오동잎'의 경우, 귀뚜라미가 가을밤에 우는 게 내용의 전부지만 과거 대중들의 사랑을 듬뿍 받는 최고의 인기곡이었다. 오늘 다시 자세하게 들어 보니, 그는 허스키한 목소리로 어떤 노래에서든 아무렇게나 내지르지 않고 감정을 응축시켜 노래했는데, 그것이 그의 매력이었고 그런 방식으로 그는 대중들의 마음속으로 조심스레 드나들었을 것이다.

인생은 짧고 예술은 긴 것이어서, 최헌은 옛사람이 되었으되 그의 노래는 이승에 남아, 이승 사람이 가을날 한때에 떠올려보는 정서가 되고 있다.

그는 3년 전 가을이 시작될 무렵에 65세로, 영영 다시 돌아오지 못하는 길을 떠났다. 오늘, 그가 살아 있을 때의 모습으로 나와서 가을 노래를 하는 걸 보고 있으니, 그가 살아 있었으면 좋았을 텐데, 라는 생각이 많이 들었다. 늦었으나 명복을 빈다.

2015. 11. 7.

가을 색

칠팔 년 전까지만 해도 가을은 밋밋한 흑백사진처럼 왔다가 별일 없이 지나갔다. 가을이란 게 있었나, 싶게 내 기억은 흐릿하다. 그런데 그 이후의 가을에 조금씩 색 물감이 칠해지더니, 드디어 금년에는 총천연색 화려한 가을을 보는 듯하다. 이제 앞으로 다가올 가을은 얼마나 화려해질 것인가.

오전에 밖으로 나서니, 오늘도 여전하게 '극極 노랑'인 은행나무 가로수 행렬이 내 시선을 잡아끈다. 은행나무의 풍경은 아득한 시간으로 내 생각을 데리고 간다. 지구상에 사람이 등장하기 훨씬 이전인, 수억 년 전의 고생대나 중생대에도 살고 있었다는 은행나무는, 그때도 이렇게 절정의 노랑을 홀로 뽐내며 당시의 가을을 살아갔을까.

비 오는 일요일 오전, 내가 사는 마을의 뒷동산에도 가을의 색깔은 가득하여서, 잘 익은 호박, 배추, 석류, 배, 사과의 색깔이 거기에 다 있었다.

월광 소나타, 부유하는 물방울

어젯밤, 외출했다 들어오며 집으로 가는 길목에 있는 근린공원을 통과했다. 축구장에서 비 맞으며 공을 차던 사람들은 다 돌아가고 없었다. 우산을 든 몇 사람만이 젖은 낙엽을 밟으며 나를 지나쳐 갔고, 만월 같은 둥근 가로등 불빛들이 비 오는 공원의 밤에 빛을 내려 주고 있었다.

달 없는 밤이지만 나는 베토벤의 '월광 소나타'를 들었다. 공원을 빠져나오며, 나에게 고난이 없는 것에 고마워 해야 함은 당연한 일이겠고, 고난이 닥치더라도 공짜로 받은 것이니 귀하게 여기고 고마워 해야 하는 것일지도 모르겠구나, 라는 생각을 해 보았다. 그 무렵 사모정四-亭에는 누군가 고달픈 생을 삭이며 마신 듯한 비우다가 만 소주병이 놓여 있었다.

허공에 구름으로 모여 있던 물방울이, 가을밤에 비가 되어 쉬지 않고 지상으로 내려왔다. 시원始原과 경로經路를 알 수가 없는, 천지를 부유浮遊하는 물방울이.

2015. 11. 8.

농구 경기 치어리더

나의 농구장 방문은 어제가 두 번째다. 내가 예매한 좌석은 2층 두 번째 줄이었다. 첫 번째 줄에는 아무도 앉지 않았고 두 번째 줄부터 채워졌는데, 난간 때문에 시야가 방해받아 그런 듯 보였다. 두 번째 줄 중에서도 내 자리는 엔드라인에서 약간 뒤쪽 위치의 골대 근처여서 골 장면이 잘 보였다. 인터넷으로 예매할 때 골 장면이 잘 보일 것 같아 선택한 자리였다.

골 장면 외에도 그곳에서는 내가 알지 못했던 장면들이 잘 보였다. 바로, 경기 속개 중 치어리더들의 응원하는 모습이었다. 코트에서 경기가 진행될 때에는 홈팀의 골이 들어가는 골대에서 가까운 엔드라인 바로 뒤쪽에 줄지어 앉아서, 상황별로 다양한 응원을 했다.

치어리더는 중간중간 경기가 멈췄을 때 코트와 관중석으로 달려가 경기장 분위기를 이끌었다. 내가 보니 치어리더 9명은 다 비슷해 보였는데, 심지어 등 뒤로 길게 늘어뜨린 머리카락 길이도 치어리더의 필수조건인지는 모르나, 비슷해 보였다. 긴 머리카락으로 함께 연습해서 연출하는 응원도 있나 보다, 생각했다.

경기가 진행되는 내내 분주하게 움직이는 치어리더의 모습을 보고 있으니, 저렇게 일사불란하게 동작을 맞추기까지 고되고 힘든 많은 연습의 과정이 있었을 것이라는 생각이 들었다. 나는 진심으로 그녀들에게 응원의 갈채를 보냈다.

2015. 11. 8

북한산 백운대 일출

내가 북한산 백운대에 올라 일출을 보았던 게 재작년 10월 말이었는데, 이것은 그때의 이야기다.

그날 새벽 2시로 맞춘 알람에 쉽게 눈이 떠진 것은 아마도 기대감 때문이었을 것이다. 밥을 먹고 짐을 챙겨 나서니 3시. 집 앞에서 하늘을 보니 구름은 없었고 밝은 달과 함께 별이 총총했다. 차를 몰아 도선사 앞 입구에 도착하니 4시쯤이었다.

헤드 랜턴을 켜고 천천히 백운대로 다가가는 도중에 인기척은 없었고, 인수암을 지날 때 개 짖는 소리만 '컹컹컹' 들리며 북한산의 적막을 깼다.

목적이 뚜렷하니 새벽 두 시간 정도의 등산이 힘들다는 생각은 있을 수가 없었다. 고도 836m인 백운대 정상에 섰다. 사위四圍가 어둠 속에 고요했으나, 산 아래로는 아직 잠든 사람들의 마을에 불빛이 휘황하였다.

사람들이 하나둘 올라오면서, 산 아래의 불빛도 하나둘 사라져 갔다. 동쪽 먼 산의 뒤편으로 붉은 아침노을이 긴 띠로 누워 번져 올 때에, 멀고 가까운 산들의 물결이 옅은 연무 속에서 꿈틀대며 일어났다.

이윽고, 붉은 바다와 같은 곳 한가운데에서 하얀 해가 조금씩 얼굴을 내밀며 올라왔는데, 해는 하늘에 뻥 뚫린 구멍처럼 보여졌다.

일출은 생각보다 금방이었다. 해가 올라오는 짧은 시간 동안에 그 모습을 계속 바라보고 있자니, 내 가슴에 갑자기 가볍지 않은 무엇인가가 얹히는 느낌이 들면서 감개무량하였다.

나는 그날, 수억 년 전에 원시의 북한산이 생겨나기 이전과, 수십억 년 전 지구 생명체가 등장하기 이전에도, 저 동쪽 하늘의 지평선 위로 떠올랐을 아침 해를 생각해 보았다. 그러나 상상 속 너무나 먼 시간의 간섭으로 나의 생각은 자꾸만 겉돌았다.

그날, 해가 뜬 북한산은 단풍의 나라였다. 위문에서 노적봉을 지나 용암문에 이르는 구간을 지나며 보니, 햇빛을 받은 단풍이 더욱 붉어 보였다.

2015. 11. 8.

개기월식, 노란 우산

작년 10월 8일 개기월식이 있었다. 그날 나는 남산에 올라 그 과정의 시종始終을 관찰했다.

그날의 개기월식과 관련하여 공표된 내용은 이랬다.

"오늘 개기월식은 2011년 12월 이후 약 3년 만의 일로, 오후 5시 57분경 달이 뜨고, 오후 6시 14분경 지구 그림자로 인해 왼쪽 면부터 서서히 어두워지는 부분식部分蝕이 시작된다. 이후 달이 지구 그림자에 완전히 들어가 어둡고 붉그레하게 변하는 월식의 개기식皆旣蝕은 7시 24분부터 8시 24분까지 이어진다. 밤 9시 34분에 부분식이 끝나고, 10시 35분에 반영식半影蝕도 끝나면서 월식은 완전히 종료된다."

퇴근 후 바로 나서서 백범광장에 올라서니 북동쪽 허공에서 부분식이 많이 진행 중이었는데, 지구 그림자에 서서히 잠식되던 그 무렵의 달은 위로 볼록하게 펼쳐진 노란 우산처럼 보였다. 지구와 달은 모두 반시계 방향으로 돌며 개기월식을 조금씩 완성해 갔다. 내가 관찰을 시작한 이후, 노란 우산 중앙의 가상의 우산대는 1시 방향에서 12시

방향으로 차츰 이동하면서, 아래서부터 캐노피를 차츰 줄여 나갔다.

개기식이 진행될 때에, 허공에 매달려 조화를 부리던 노란 우산은 사라졌다. 나는 그때 남산 정상에 있었는데, 지상에서는 때마침 타워 기둥을 이용해서 레이저쇼를 했다. 허공의 달은 빛을 잃었으나 불그레하게 보였다. 평소에 달을 쳐다보지 않던 사람들도 그날만큼은 대부분이 허공을 쳐다봤다.

개기식이 끝나자, 우산대는 10시 방향 정도에서 달의 모양을 조금씩 되찾기 시작하였다. 다시 시작된 부분식이 우산대 기준으로 8시 방향 정도에서 끝이 나고, 달이 원래의 둥근 모습으로 돌아왔을 때, 나는 산을 내려와 장충단공원 벤치에서 그 모습을 쳐다보고 있었다.

부분식 이후, 달이 조금 어두워질 따름이어서 감지가 힘든, 반영식이 끝날 무렵에 집에 도착하였다.

2015. 11. 10.

국립수목원, 삐이삐이

어제 오전에 안개처럼 비가 내렸다. 국립수목원에 가기로 예약한 날이었다. 양재역에서 광역 버스를 타고 한 백여 리를 북쪽으로 올라 가다가, 일반 버스로 환승 후 동남쪽으로 이십여 리를 더 들어가니 거기에 수목원이 있었다. "금일 3천 명 예약 완료, 예약하신 분만 입장합니다. 어른 입장료 천원." 입구에 그렇게 안내되어 있었다. 입장료 천원의 의미를 생각하다 그만두었다.

차 안에서 윤종신의 '수목원에서'라는 노래를 찾아서 들어 보았다. 가수 본인이 제일 좋아하는 노래라고 하였는데, 괜찮았다. 그러나 수목원 안에서는 바흐의 'G 선상의 아리아'를 들으며 다녔다.

수목원에 들어서서 얼마 안 가 비 맞은 나무 냄새가 확 풍겨 왔고, 야광나무 빨간 열매가 눈길을 끌었다. 베이지색 가을이 갈색의 옷으로 갈아입으며 서서히 겨울로 향해 가고 있었다. 나는 젖은 낙엽들을 서걱서걱 밟으며 이곳저곳을 다녔다.

오후가 되니 날이 개었다. 사람들이, 처음 도착했을 때보다 조금 많아졌으나 예약한 사람의 상당수가 오지 않은 듯했다.

중간에 산림박물관에 들러 여러 나무를 잘라 나무의 안쪽을 보여

주는 것을 자세히 보았고, 여러 씨앗들도 관심 있게 보았다. 산림동물원에도 들러 백두산 호랑이, 멧돼지, 늑대, 반달곰, 독수리를 보았는데, 호랑이가 사람들에게 단연 인기였다.

동물원을 거쳐 내려오는 길은 경사가 있었는데, 발이 푹신하도록 낙엽이 낳아서 조심조심 내려와야 했다. 내려오면서 조그마한 계곡으로 물 흐르는 소리가 들려 눈을 돌려 보니 물이 낮은 데로 하얗게 떨어지고 있었고, '삐이삐이' 하는 새소리도 들렸다. 능선과 계곡으로 내린 빗물이 모여 저렇게 흘러내리는 게 순리고, 자연이 저런 것이구나, 라고 생각했다.

돌아오며 김수희의 노래를 들었다. 20년도 더 된 아주 오래전에 들어 보던 기억밖에 없는데, 그때와는 다른 느낌이었다. 내질러야 하는 부분에서 대부분 마음껏 내지르지만, 분별없이 내지른다는 생각은 들지 않았다. 그녀가 노래하는 어떤 노래의 어떤 부분에서는, 잘 단련된 무사가 내공을 발휘하듯 노래하는 것처럼 느껴지기도 했다. 동부간선도로와 강변북로를 지날 때는 정체가 풀려 시원하게 달렸는데, 그때까지도 그녀의 노래를 듣고 있었다.

2015. 11. 15.

산림박물관, 고려가 세워질 때

어제 국립수목원에 있는 산림박물관에 들렀었다. 거기에는 다 자란 나무의 종단면과 횡단면 30개 정도를 전시해 놓고 있었다. 겉으로는 보이지 않는 나무 속의 색깔과 무늬가 제각각으로 펼쳐져 있었다. 색깔은 노랗게 보이는 것부터 검게 보이는 것까지 다양했고, 나이테의 무늬도 다양했을 뿐만 아니라 선명도도 다 달랐다. 자라는 속도도 제각각이어서 수령 11년의 참오동나무가 수령 136년의 느릅나무보다 지름이 더 굵었다.

온 세상 나무들이 얼마나 많은지 모르겠으나 그들을 자세히 보면 이렇게 모두 다를 것이다. 이들이 다른 이유를 나는 잘 몰랐다. 나무들 각자의 의지인가, 아니면 저절로 그렇게 되었는가. 다르게 살아가는 것은 이들에게 무엇이 작용해서일까. 광합성이라는 걸 하는 방식도 조금씩은 다른 것일까. 그렇다면 혹시 그 영향도 있는 것일까. 여기까지 생각이 닿다 보니, 학교 때 배웠던 광합성도 신비했다. 뿌리에서 들어온 물과, 잎을 통해 들어온 이산화탄소를, 햇빛이 잎에서 섞어 영양분을 만들어 살아가는 식물의 그 광합성이…….

박물관 2층에는 2백여 종의 씨앗이 지름 5cm 가량의 둥근 투명 아크릴 통에 담겨, 벽에 붙어 있었다. 나무의 씨앗 역시 색과 모양과 크기가 다 달랐다. 노랗고 파랗고 빨갛고 검은 씨앗, 둥글고 길쭉하고 쭈글하고 뾰족한 모양, 모래같이 작은 것부터 골프공만 한 것까지 천차만별이었다. 다시 1층으로 내려왔을 때, 지름이 내 키 정도나 되는 수령 1,100년의 거대한 미송이 보였다. 나는 그 앞에 한참을 서서 1,100년 전을 떠올려 보았다. 내 생각 속에서 고려가 세워지고 있었다.

2015. 11. 15.

여자친구 생각하는 곰

어제 국립수목원에 갔다가, 그 안의 산림동물원에 백두산 호랑이가 살고 있다고 해서 가 보았다. 가는 길은 약간 언덕길이었고 주요 관람로에서 꽤 떨어져 있었다. 젖은 낙엽의 진입로가 조금 미끄러웠다. 젊은 부부들이 어린아이들의 손을 잡고 힘들여 거기까지 올라가고 있었는데, 그 모습이 아름다워 보였다.

호랑이는 내가 갔을 때 사람처럼 '어우어우' 하며 아주 큰 소리를 냈다. 아이들과 어른들이 모두 신기해 했다. 그것이 무슨 의사 표시인지, 호랑이의 행동을 관찰해 본 적이 없는 나로서는 알 수가 없었다. 호랑이는 사람들의 가까이로 와서 우리 안을 이리저리 오고 갔다.

멧돼지를 보러 갔더니 속 편하게 자고 있었고, 그 옆의 늑대는 개와 모습이 흡사했는데 뭐가 불편한지 우리 안을 분주하게 돌아다녔다.

반달곰은 멧돼지 우리 아래의 큰 집에서 살았다. 반달곰을 보러 온 어떤 여자아이가, 반달곰이 자기는 쳐다보지 않고 주둥이를 하늘을 향해 쳐들고만 있자 "너 여자친구 생각 하냐"고 하며 짜증을 냈다. 독수리는 말뚝 위에서 초라하게 웅크리고 있었으나 카메라 렌즈를 당겨 보니 섬찟하고 매서운 눈매를 보여 주었다.

2015. 11. 5.

만추, 잉어와 비둘기

"동물도 죽어야 하지만, 죽는다는 사실을 모른다. 신들은 죽을 수가 없어서, 죽음을 알 수가 없다. 오직 인간만이 죽어야 한다는 걸 알면서도 살아야 한다." 얼마 전에 어디선가 본 내용인데, 그럴 듯한 말이다. 특히, 신이 자신의 죽음을 알 수 없다는 이유와 결론은 신선하기까지 하다.

죽음을 얘기한다고 해서 허무나 비관, 이런 것을 말하고자 함이 아니고 그 반대다. 피해 가지 못하는 죽음의 때가 누구에게나 있을 것이므로, 살아 있는 동안의 시간을 소중하게 사용해야 되겠다, 는 정도의 얘기를 하고 싶었던 것이다.

오늘 집을 나서니 만추의 풍경이 마을의 곳곳에서 아름답게 펼쳐져 있었다. 날은 들었고 어제 내린 비 때문인지 미세 먼지 없이 먼 데까지 잘 보였다.

아직 나무에 붙어 있던 나뭇잎도 우수수 떨어져 내렸다. 저렇게 한 잎 두 잎 떨어져, 세상의 모든 나무에서 떨어져야 할 나뭇잎이 다 떨어지면 올해의 가을이 완전하게 끝이 나고, 겨울의 문이 열리는 것이겠구나, 싶었다.

집앞 공원에 잠깐 서 있으니, 플라타너스 잎이 떨어져 낙하산처럼 천천히 날렸다. 작은 이파리는 조그마한 바람에도 멀리 그리고 재빨리 날아가 떨어졌다.

양재천을 건널 때 살찌고 큰 잉어 수십 마리가, 아이가 던져 주는 과자 부스러기를 큰 입으로 널름널름 받아먹고 있었다. 물이 맑아서 지느러미가 잘 보였다. 나는 저 물고기의 지느러미가, 포유류의 팔이나 다리로 진화했다고 하는 진화론을 생각해 보았다.

지금 이 개울에서 헤엄치는 물고기의 누대의 조상들이, 수억 년의 생존 과정에서 이런 동물, 저런 동물로 진화했다는 진화론을 배웠고, 또 진화론을 다수가 수긍함을 알지만, 나는 개인적으로 아직 진화론에 대해 중립적이다. 그러므로 나중에 나의 이 중립은 이렇게 또는 저렇게 바뀔 수도 있겠다.

비둘기 몇 마리가 과자 부스러기를 물고기에게만 던져 주는 아이의 주위를 맴돌며 종종대고 있었다. 왜 쟤들한테만 주냐, 고 안달하는 듯 보였다. 자기가 죽는다는 것을 모르는 물고기와 비둘기일 텐데, 저들은 저렇게도 열심히 죽지 않기 위해 바쁘게 살고 있구나, 라는 생각이 들었다.

그래서 나도 얼른 그 자리를 떠나서, 내가 당면한 중요하거나 바쁜 일을 보러 갔다. 죽지 않기 위해.

2015. 11. 15

사람이므로

"당신은 그렇게도 할 일이 없는가"라고 말할 사람이 있을지 모르나, 나는 모든 살아 있는 것들의 기원과 그 과정에 대한 창조론이니 진화론이니 하는 것에 솔직히 좀 민감하다.

아직까지 내가 내린 결론은 없다. 뭐가 맞는지 잘 모르겠다는 말이다. 창조론을 주장하는 주로 개신교 측 말을 들으면 그 말이 맞는 것 같고, 진화론을 얘기하는 말들도 맞는 듯하다. 시간이 지나며 내 생각이, 둘 중 어느 쪽으로 기울지도 모르고 끝까지 지금 상태일 수도 있겠다.

사실, 나는 모든 살아 있는 것들에 대한 창조론이나 진화론, 그 이상의 것에도 관심이 많다. 그러니까, 살아 있지 않은 것들의 기원과 그 과정의 일들에 대한 관심이겠는데, 이를테면 광대무변의 우주에 헤아릴 수 없을 정도로 쏟아져 있는 별들, 그리고 시간과 공간 같은 것들 말이다. 이런 것들은 생물의 진화론과는 당연히 관계가 없다. 신에 의해 창조되었거나, 지금 정설로 되어 있는 138억 년 전의 '빅뱅'으로 만들어졌거나, 이도 저도 아니면 인류가 아직 모르는 미지의 그 무엇과 관계가 있을 수도 있겠다.

시간과 공간이 만들어졌다는 빅뱅과 관련해서 많은 이들이, "그럼 빅뱅이 있었다는 138억년 이전에는 뭐가 있었냐"고 묻는다는데, "시간이 아직 생기지도 않았는데, 그때 뭐가 있었냐고 묻는 것은 의미가 없는 질문"이라고 답을 한다고 한다. 나에게 이 대답은, "알 수 없고, 알지 못할 일에 제발 좀 질문하지 마라. 나도 모르는 일이고, 실은 나도 알고 싶은 일이다"라는 말로도 들린다.

"그런 것을 알아서 무엇에 쓰려고 하는가. 그런 것을 알면 밥이 나오는가. 그리고 그런 것들을 알고 싶다고 해서 알 수가 있는 것이라고 생각하는가" 하는 식의 힐난은 부디 없기를 바란다. 나는 밥만 먹고도 자족할 수 있는 동물이나 짐승이 아니고, 신비스러운 나와 이 세상의 궁극적인 기원에 대해 조금이라도 더 알고 싶어하는 '사람이므로'.

2015. 11. 16.

한일전 역전승, Never Give Up

오늘 밤 도쿄돔에서 있은 야구 프리미어 12 준결승에서는, 우리가 일본에 8회까지 3대 0으로 지고 있었다.

지고 있는 것을 안 나는, 중계를 보면 화증火症만 날 것 같아 안 보다가, 9회 초부터 보기 시작했다. 혹시나 하는 마음 때문이었다.

그런데 믿기 힘든 일이 일어났다. 우리가 9회 초 마지막 공격 기회에서 4점을 뽑아내고 그만 경기에 이긴 것이다. 도쿄돔을 가득 메운 수만의 일본 관중들은 얼마나 황당하고 허탈했을까.

우리가 살아가며 마주하는 일들에 대해서, 포기하지 않는다고 다 성취할 수 있는 것은 아니겠지만, 포기했기 때문에 날려 버린 중요하고 좋은 기회가 적지 않을 것이다.

오늘 우리 야구 대표팀이, 드라마처럼 일본을 이기고 결승에 진출하는 장면을 보며 가장 먼저 떠오른 것이 포기하지 마라, 였다.

처칠이 했다는 많이 알려진 이야기 하나. "포기하지 마라. 절대 포기하지 마라. 무슨 일이 있어도 포기하지 마라." 그가 어느 대학 졸업식에 가서 간단한 이 말만 하며 축사를 갈음했는데, 명연설로 손꼽힌다고 한다.

요즘 주위에 포기라는 말이 너무 흔해서 이런 말도 좀 하고 싶었는데, 오늘이 그 기회인 듯해서 한마디 해 보았다.

나도 많이 반성하고 있다.

2015. 11. 19.

형제 머리 위의 달

시내에 나갔다 돌아와, 마을의 작은 찻집에 들러 차 한 잔 달라고 했더니 도자기 컵에다 담아 준다. 찻잔 옆에는 쪼끄맣고 투명한 유리병을 놓았고, 거기에 작고 하얀 꽃 세 송이를 꽂았다. 나는 유리병에 물이 담겨 있어서 생화인가 했으나 만져 보니 조화다. 내 눈이 나쁜 것인가. 조화 기술자의 솜씨가 좋은 것인가.

이 집은 컨셉이 꽃인가 보다. 시끄럽지 않은 음악이 흘러 다니고, 자리마다 꽃이 놓여 있다. 컵 뒤기 뜨겁고 평화로운 주말 밤이 시간이 지나가고 있다. 요즘엔 불타는 금요일이라는 '불금'에 이어서, 황금 같은 토요일이라는 '황토'라는 말도 생겼다고 들었다. 정말 황금 같은 토요일이다. 찻집 저쪽에서는 중년 십여 명이 차를 마시며 담소 중이다.

오늘 낮에 나는 용산에 있는 전쟁기념관에 갔었다. 매번 그 앞으로 지나치면서도, 한 번쯤 가 보기는 해야지, 정도의 미지근한 생각만 해 오다가 오늘 처음으로 들렀다. 그동안 생각만 하고 지나치기만 한 것은 전쟁기념관에 대한 선입견 때문이라고 해야겠다. 다 아는 6.25

에 대한 내용이 대부분일 거라는 선입견. 하지만 다 안다고 생각했던 그곳을 오늘 오전 10시 무렵부터 문을 닫는 저녁 6시까지 살피고도 모자랐으니, 내 선입견은 틀렸던 것일까.

아침밥을 챙겨 먹고 내가 사는 마을에서 버스를 타니, 오래지 않아 전쟁기념관 앞에다 바로 내려 준다. 마음만 먹으면 이렇게 쉽게 오는 것을. 입구의 거대한 6.25탑은 매번 지나치며 바라본 것. 전시실 건물 앞의 광장에서는 모레로 다가온 연평도 포격 5주기 행사 준비로 분주했다.

나는 전사자 명비銘碑가 좌우로 세워진 긴 회랑回廊을 거처 내부로 들어갔다. 회랑은 동서로 백여 미터, 그리고 남북으로는 좌우 양쪽 통로에 각 오십여 m씩 길게 이어져 있었다. 내외국의 군경을 합해 무려 20만 명이 넘는 전사자의 이름이 돌과 동판에 빼곡하게 적혀 있었는데, 그 앞으로 군데군데 흰 국화와 조화가 놓여 있었다. 무명용사라고 쓴 석판에는 이름이 씌어질 수가 없으니 빈 채로 세워져 있었고, 유엔군 전사자 3만7천여 명의 이름은 동판에 새겨져 있었다. 동판 상단의 벽에는 "전혀 알지도 못하는 나라, 한 번도 만난 적이 없는 국민을 지키라는 부름에 응했던 그 아들딸들에게 경의를 표합니다"라는 말이 크게 씌어 있어서 나를 한동안 먹먹하게 했다. 수많은 제임스, 존, 로버트, 윌리엄, 데이비드가 이국땅 낯선 곳에서 싸우다 죽어 갈 때의 심정은 어떠했을 것이며, 본국에서 전사 통보를 받았을 때 그 가족의 마음은 또 어떠했을까.

옥외 전시장에 가 보았다. 그곳에는 많은 포, 전투기를 포함한 군용 비행기, 전차와 장갑차, 군함 등이 있었다. 나는 장갑차 내부에 들어가 앉아 보았는데, 전철의 폭과 높이를 확 줄여서 만든 공간처럼 느껴졌다. 커다란 폭격기에도 계단을 통해 올라가 조종석을 자세히 살펴보기도 했고, 실물 모형의 연평해전 잠전함인 참수리호에도 올라가 이곳저곳을 둘러보았다.

오후에는 내부 전시실을 보았다. 6.25전쟁의 시작과 과정 및 결과에 대한 내용이 자세히 전시되어 있었다. 생각보다 다양한 자료로 방대하게 구성되어 있어서, 제대로 보려니 시간이 꽤 걸렸다. 다 보자면 아직 멀었는데, 문 닫을 시간이 되었다고 안내 방송이 자꾸 나왔다. 나는 나중에 다시 와야겠다고 생각하며 물러났다.

밖은 이미 어두웠다. 중천의 음력 열흘날 달이 기념관의 삼면을 두른 연못에도 띠을리 밤비람에 흔들렸다. 조금 더 내려오니, 형제가 남북으로 맞서 싸우다 만난 실화를 다룬 '형제의 상'이 있었다. 형제가 둥근 콘크리트 무덤 같은 곳에 올라서서 부둥켜안고 있는 모습이다. 나는 6.25 때 수많은 남북의 형제들이 총부리를 서로에게 겨누고 있었을 일에 새삼 몸서리를 쳤다. 싸움은 때와 장소를 가리지 않고 무자비하게 일어났을 것이며, 오늘 같은 달밤에도 영문도 모르는 싸움은 계속되어 죽고 죽이고 했을 것이다.

돌아오는 버스 안에서 나는 오늘 본 옥외 전시장에 놓여 있던 무기와 같은, 수많은 전투기, 폭격기, 전차, 장갑차, 대포, 함선들이 한꺼번에 뒤엉켜 쏘고 터트리며 20만 명의 군인들이 죽어 가는 아수라장을 상상해 보았다. 그 아수라장의 때가 지나고, 지금 우리가 '불금'이니, '황토'니 하는 말을 하며 살 수 있는 것은 거저 이루어진 게 아니지 않겠는가, 라는 생각을 하지 않을 수가 없었다. 나는 오늘 밤에, 주로 그런 것을 생각하며 차를 마신다.

2015. 11. 21.

YS에 대한 기억

오늘 YS가 역사 속으로 떠나갔다. 9선 국회의원과 대한민국 대통령을 지냈다는 그의 정치인으로서 화려한 이력도, 있음의 세상에 계속해서 머물 수 있도록 하는 데에는 도움이 되지 못하였다. 그가 떠나간 곳은 다시 돌아올 수 없는 영원의 세상인데, 오직 빈손으로만 통과가 되는 곳이다. 그가 필생의 노력으로 따냈을 대통령 당선증도, 여러 사람을 통해 평가가 오르내리는 대통령 재직 중의 여러 공과功過도, 모두 다 내려놓고 한 사람의 자연인으로 아주 공평하게 떠나가야 하는 곳이다.

나는 그가 대통령으로 있을 때 딱 한 번, 백여 m가량 떨어진 먼발치에서 그를 접했던 때가 있었다. 오래전 나의 대학 졸업식에서였다. 20년 동안 대통령이 졸업식에 참석하지 않다가, 그날 집권 2년 차의 현직 대통령이 갑작스레 나타나자 주위가 잠시 웅성거렸던 기억이 난다. 그는 그날 10여 분간 치사를 하면서, 꿈을 가지고 있어야 꿈을 이룰 수 있다는 말로 연설을 마무리했다. 그가 문민 시대를 얘기할 때에는 목소리에 힘과 여유가 있어 보였다. 겨울의 막바지에 넓은 대운동장은 그의 목소리로 쩌렁쩌렁 울렸다. 그곳에 참석했던 많은 졸업

생과 가족친지들은 그가 들어올 때와 연설 중에, 그리고 나갈 때도 박수를 보냈었다.

　그날 고향에서 형들이 부모님을 모시고 졸업식에 참석했었다. 그랬던 부모님은 모두 옛사람이 되었다. YS도 이제 옛사람이 되었다. 시간은 그 대상이 누가 되었든, 생명이 만들어진 수십억 년 이래로 단 한 차례의 실수도 없이 모두 거두어 갔고, 앞으로도 그럴 것이다. 삼가 고인의 명복을 빈다.

2015. 11. 22.

활기찬 한 주를 바라며

서울 지하철 3호선 압구정역에서 옥수역 구간은 엄밀히 말하면 지하철 구간이 아니다. 전철이 지하의 터널을 다니는 구간이 아니고, 한강 위에 놓인 동호대교를 통과하기 때문이다. 한강에는 이런 곳이 여러 군데 있다. 1호선의 한강철교, 2호선의 잠실철교와 당산철교, 4호선의 동작대교, 7호선의 청담대교, 공항철도와 KTX가 다니는 마곡철교가 그렇다. 5호선과 분당선은 한강 하저 터널로 다니므로 해당이 되지 않는다.

지하철을 타고 다니다가, 한강 위를 지나는 이런 지하 아닌 지하철 구간을 통과할 때는 비록 잠깐이지만 눈을 들어 한강을 바라보거나, 먼 곳의 풍경을 살펴보거나, 날씨를 확인하려고 하늘을 쳐다보거나 한다. 스마트폰에 빠져 있거나 할 때는 언제 지나갔는지 모를 때도 있다.

매일 비슷한 때에 출근하며 전철로 동호대교를 건너지만, 여름엔 해가 중천에 있고 겨울엔 아직 일출 전이라 어둡다. 봄과 가을에는 금방 올라온 해가 전철 안을 밝게 비출 때도 있다. 나는 동호대교를 매일 아침에 전철로 건너며 계절의 변화를 느껴 왔는데, 단지 그 정도였고 그 이상의 특별한 것은 없었다. 그러나 어제, 작지만 특별하게 느껴진 일이 있었다.

아침 출근 때 내가 탄 3호선은 변함없이 압구정역을 지나, 옥수역을 향하며 지상으로 나왔다. 그때쯤 차량방송이 시작되었다.

"승객 여러분 안녕하십니까. 저는 이 전동차의 운행을 담당하고 있는 승무원 홍길동입니다. 또 한 주를 시작하는 월요일입니다. 활기차게 시작하시길 바라며 여러분의 목적지까지 안전하게 모셔 드리도록 하겠습니다." 대략 이런 내용이었다.

내가 어쩌다 비행기라도 타면 들어 보던 내용과 비슷하게 시작되는, 그래서 좀 익숙하게 들리는 안내 방송이었다. 그러나 지하철을 타고 그런 방송을 듣기는 처음이라, 생소하기도 하고 웬일인가 싶었다. 나는 한강과 먼 산을 바라보며 작은 미소를 지었다. 그동안 자주 들어왔던 지하철 승무원의 안내 방송이라고 해야, "열차 출입문 닫습니다. 다음 열차를 이용하십시오" 정도뿐이었으니 당연했다.

어제 아침, 사무실에 도착해서도 그 지하철 방송이 잠시 기억에서 떠올려졌다. 개인적인 생각으로 한 방송이었다면 작은 용기인 듯싶었고, 자기 일에 대한 긍지의 소산으로도 생각되었다. 그 방송을 했던 지하철 승무원은, 월요일 출근길의 수많은 사람들을 비행기 태워 주었다.

2015. 11. 24.

설경

　전국의 눈 구경을 좀 해 보려고, 오늘 아침에 일찍 출근해서 실시
간 영상에 접속해 보았다. 예상대로, 들어가 본 어디든지 어제 내렸
던 눈이 하얗게 쌓여 있었다. 북한산 인수봉과 백운대에도, 지리산
천왕봉에도, 속리산 문장대에도, 소백산 연화봉에도. 오늘 접속이 되
지 않았으나 권금성에서 바라보는 울산바위에도 많은 눈이 덮였을 것
이다.

　그중에서 가장 장관은 소백산 주능선의 장면이었다. 구름이 자주
바쁘게 오고 가는 이곳이, 다른 곳에 비해 가장 동적으로 보일 경우
가 많은데 오늘도 흰 구름은 빠른 속도로 단양에서 영주 방향으로
능선을 타고 넘어가고 있었다. 그 아래로는 흰 눈으로 가득하여서,
흰 구름에 흰 눈까지, 말 그대로 "백색白色이 만건곤滿乾坤하더라"는
표현이 제격이었다.

　대기 중의 수증기가 찬 기운을 만나 얼어서 땅 위로 떨어지는 얼음
의 결정체일 따름인 눈. 이 눈이란 것이 겨울철에 교통 문제를 일으
켜서 심할 때는 사상자를 발생시키기도 하고, 너무 많이 내려서 건물
이 무너지는 등 큰 피해가 생기기도 해서 눈 자체를 싫어하는 이도

많기는 하다.

　그러나 겨울이면 어떤 특별한 정서를 가져다주는 이 눈을, 교통 문제나 건물 붕괴 등의 문제가 생기지 않을 정도로 내린다는 전제하에, 기다리는 이도 많을 것이다. 찬 기운이 풀리면 저절로 녹아서 허공으로 되돌아가는, 알고 보면 아무것도 아닌 게 눈이라는 것을 알면서도 말이다.

2015. 11. 22.

창덕궁 후원, 가을은 꼬리를 늘어뜨리고

어젯밤 들어오며 집 근처 은행나무 잎들이 전부 다 떨어진 것을 보고, 가을이 정말로 다 갔구나 싶었다. 그러나 오늘 찾은 창덕궁 후원에서는 강렬했던 가을의 흔적이 아직 남아 있었다. 가을은 꼬리를 길게 늘어뜨리고, 미련이 남은 표정으로 고궁 후원의 여기저기서 나를 맞아 주었다.

양재역까지 걸어 나가 전철을 타니 전철 안이 좁아 보였다. 저마다 두꺼운 옷을 입고 목도리를 둘러서 전부 뚱뚱한 사람들만 있어서였다. 날씨가 추우니, 오늘 창덕궁 후원 관람을 예약한 사람 중 얼마나 나올까 궁금했다. 나는 한 달 전쯤에 겨우 오늘 오후의 시간으로 예약할 수 있었다. 오늘을 내가 원해서가 아니라, 한 달 전인 10월 말경에 인터넷 예매처에 들어가니 벌써 한 달 뒤인 오늘까지 1명만 남고 전부 매진되었던 것.

그런데 티켓은 예매 말고 당일 현장 선착순 판매 분량이 50%라는 걸 내가 모르고 있었다. 이미 지난 일이야 어쩔 수 없는 것. 다음에는 좀 제때 와서 봐야지, 생각했다. 입장권을 사서 궁 안으로 들어가니 외국인들이 더 많아 보였다. 한편에서는 여러 사람이 잔디 위에

쌓인 낙엽을 갈퀴로 긁어 모으고 있었다.

1시간 반 코스의 가이드를 맡은 이는 60세쯤 되어 보이는 여자 해설사였다. 그녀는 30명 가량의 사람들을 인솔하며 낭랑한 목소리로 성심성의껏 안내를 했다. 그녀는 옥류천 일원을 처음 조성한 인조에 대해서, 애련지에서 있었을 숙종과 장희빈의 로맨스에 대해서, 부용지 일원에서 있었다는 정조 임금의 풍류와 개혁군주로서의 면모에 대해서 말해 주었는데, 모두가 후원의 분위기에 맞는 이야기들이었다.

나는 재작년 봄에 후원을 보았었다. 그러면서 가을에 꼭 다시 와야겠다고 생각했었다. '가을의 풍경이 괜찮겠네'라는 내 생각과, "가을에 가면 아주 좋아요"라는 사람들이 많아서였다. 오늘, 코스가 약간 바뀌긴 했으나 2년 전 봄에 이곳 후원을 찾았을 때가 떠올랐다. 나는 노란 황매화가 하늘거리던 그날의 봄 풍경과, 오늘 겨울로 넘어가기 직전의 풍경을 번갈아 구경했다. 봄 풍경은 마음으로, 오늘은 눈으로.

부용지와 영화당을 거쳐 불로문을 지날 때 어떤 중년의 남자가, "내가 여길 젊을 때 지나갔었는데 지금 이렇게 늙었어. 여길 지나간다고 안 늙는 게 아니야"라며 너스레를 떤다. 모두들 그 말에 웃으면서도 불로문을 통과했다. 애련지, 존덕정 일원과 옥류천 일원, 연경당을 보고 궁의 입구 쪽으로 나왔다. 나오는 길에는 여러 가지 새소리가 제법 크게 들려왔고, 수령이 750년이나 되었다는 향나무가 눈길을 끌었다. 창덕궁에는 이 외에도 고목이 몇 그루 더 있었는데, 수령 400년의 뽕나무, 468년 된 은행나무, 300년 이상 된 궁궐 입구의 회화나무들이 그것이다.

기왕에 왔으니 궁궐도 다시 볼까 하다가 그곳은 철마다 바뀌는 곳이
아니고 그전 모습이 그대로일 것이므로, 그만두고 궁궐 문을 나섰다.

2015. 11. 28.

경복궁과 창덕궁, 강남과 강북

1970년대 초반까지, 개발 전 서울 강남의 대부분은 논과 밭의 허허벌판이었다. 그러던 것이 제3 한강교(지금의 한남대교) 가설을 계기로 강남은 본격적인 개발이 시작되어, 불과 사십 년 정도 만에 지금의 발전된 모습에 이르렀다.

강남의 어디를 가 보아도 대개 바둑판식의 반듯반듯한 구획과 도로를 쉽게 볼 수 있다. 논과 밭의 허허벌판을 밀고 그 위에다 지은 도시이니 당연한 모습이다. 이에 반해 강북은 곡선의 도시다. 도로가 그렇고 사람들이 사는 마을의 구획이 그렇다.

곡선의 도시 북촌 한옥마을에서 북한산을 바라보고 서면, 왼쪽에는 경복궁이 있고 오른쪽에는 창덕궁이 있다. 경복궁은 조선 초기인 임진왜란 이전에, 창덕궁은 임진왜란 이후부터 고종 재위 초기까지 법궁의 역할을 담당하였다. 경복궁이 법궁의 역할을 하던 시기에는 세종과 성종 연간의 치세가 있긴 했으나, 1차 왕자의 난, 단종 폐위, 사육신 처형, 연산군의 광포한 정치, 조광조의 사사가 있었고, 흥선대원군의 경복궁 중건이 있은 후엔 명성 황후 시해 등의 일도 있었다. 창덕궁이 법궁의 역할을 하던 시기에는 숙종과 영조, 정조 등의 치세가 있었으나 숙종 때 수차례의 환국정치로 인한 피바람이 불었고, 영조대의 사도세자 사건, 암살에 시달렸다는 정조대의 일 등이 있었다.

조선시대 궁궐에 따른 정치사적인 의미나 양상을 다루고 싶었던 건 아니고, 최초 조성 당시의 인공성과 자연성에 대해 얘기해 보고 싶었다. 경복궁은 다분히 인공의 궁궐이다. 강남을 개발하듯이 인공으로 세웠고 거기에 자연을 복종시켰다. 그래서 경복궁을 굳이 창덕궁과 비교하자면 직선의 궁궐에 더 가깝다. 이에 반해 창덕궁은, 자연의 모습을 최대한 살리며 그것을 해치지 않는 선에서 조심스럽게 자연을 만졌다. 이것이, 창덕궁이 경복궁에 비해 훨씬 더 곡선의 궁궐로 보이는 이유다. 그래서 창덕궁(후원을 제외한 전각 부분 기준)은, 웅장함은 경복궁에 비할 바가 못되지만 아기자기한 아름다움은 경복궁보다 낫다.

자연은 직선의 엄정한 규율도, 건물의 웅장함도 바라지 않으며 단지 있는 그대로의 모습으로 자족하지만, 사람들의 마음이 왠지 이쪽으로 더 끌리는 것은 우리가 온 곳이 자연이고 돌아갈 곳 또한 자연이어서가 아닐까. 자연의 모습을 간직한 창덕궁의 아름다움은 후원에서 그 완성된 모습을 보게 되는데, 창덕궁이 1997년 세계문화유산으로 지정되었음에 반해 경복궁이 '아직'인 것은, 상대적으로 미흡한 자연미가 그 결정적 이유가 아닐까, 생각해 본다.

2015. 11. 29